TAKE
SHOBO

若き皇帝は虜の新妻を溺愛する

麻生ミカリ

Illustration
yos

猫
MitsuNeko

若き皇帝は虜の新妻を溺愛する

contents

イラスト／yos

若き皇帝は虜の新妻を溺愛する

第一章　囚《とら》われの王女

「号外！　号外だよ！」

石畳を走る馬車のなかで、エレイン・ヘリウォードは男の声を聞いた。王国の中心にある中央宮殿へ向かう道中のことだった。

四角い窓のカーテンをそっと手でよけて、エレインは外の様子を確かめる。赤煉瓦《あかれんが》の大きな建物の前に人集《ひとだか》りができ、帽子を被った男ふたりが外壁に何やら大きな紙を留めているところだった。

「メリル、あれは何をしているのかしら」

同乗する侍女長のメリルに声をかけながらも、エレインの目は遠ざかっていく人混みに向けられたままだ。

「あれは壁新聞というものです。主に王家からのお達しを紙に書いて張りだし、市井《しせい》への周知を行うのですが、何か事件があったのかもしれませんね」

「壁……新聞……」

壮年《そうねん》に近い侍女長は、エレインの暮らす北の離宮で生き字引と呼ばれている。幼くして母を亡くしたエレインに、家庭教師が教えてくれる学問とは違う世の決まりごとを教えてくれたのもメリルだ。

四頭立ての馬車が、軽く左右に揺れた。それを機に、エレインはめくっていたカーテンを元に戻す。いつまでもカーテンの隙間から外を覗《のぞ》いているなど、淑女のすることではない。

花の香りのする羽扇を口元にあて、彼女はそっと目を閉じた。

こうして外出するのは、いつぶりのことだろう。

――前回馬車に乗ったのは去年のリリーのお誕生日だったわ。

ヘリウォード王国第二王女であるリリー・ヘリウォードの誕生日を祝うため、国内貴族はもちろん近隣諸国の王族や使者たちが集まった会場に、エレインも一応招待を受けた。

一応とつけたのには理由がある。本来ならば、エレインがその場にいるのは当然のことなのだ。なにしろ、エレインこそがリリーの異母姉であり、この国の第一王女なのだから。

エレインの母フェリシアは、王国内の男爵の娘だった。裕福とはお世辞にもいえない貧乏男爵の家に生まれながら、母は卓越した美貌の持ち主だったという。父である国王ランバートは、枢密院の反対を押し切ってフェリシアを妃《きさき》に迎えた。

しかし、母はエレインが二歳になるより前に病で急逝し、息子のいなかった父はすぐに隣国から王女を娶《めと》ることになったのである。

継母は、亡き母によく似た美しいエレインを酷《ひど》く嫌った。母譲りの黒く艶のある直毛は、大陸内ではとても珍しい。それが継母には気に入らなかったのではないか――とは、のちに侍女たちが噂《うわさ》しているのを聞いて知ったこと。当時のエレインはあまりに幼く、なにゆえ自分が継母から敬遠されるのかなど知る由もなかった。

その後、父と継母の間にはエレインより三歳下の異母妹リリーと、七歳下の異母弟カナンが生まれた。

だが、エレインはカナンと直接話をしたことがない。異母弟の誕生と同時に、北の離宮をあてがわれたのである。わずか七歳にして、エレインはたったひとり、国のはずれにある古い城で暮らすこととなった。

それから十年余りが過ぎ、エレインは十八歳の美しい女性となっていた。

白磁を思わせる透き通った白肌に、夏空を溶かし込んだ青い瞳、母譲りの黒髪を結い上げると清廉な印象が増す。凛《りん》とした容姿のせいか、少し冷たい印象の美貌ではあるが、エレイン自身は離宮育ちなこともあって世間知らずのきらいがある。

とはいえ、彼女は自分が世間知らずだということを認識しているため、たまの外出の際には周囲に気を配り、つとめておとなしく過ごしていた。

それも相まって、ヘリウォード王国の第一王女は神秘的な美女と密《ひそ》かな噂を呼んでいる――のは、さすがにエレインの耳に届くところではない。

――馬車というのは不思議なものね。座っているだけで、北の離宮から中央宮殿まで移動できてしまうんですもの。

羽扇で口元を隠しながら、エレインは小さくあくびを噛《か》み殺《ころ》す。中央宮殿に住む父からの呼び出しに緊張して、昨晩はなかなか寝付けなかったのだ。

幼いころ、なぜ自分だけがひとりで北の離宮で暮らさなければいけないのか、酷く悲しく思ったこともあった。だが、成長するにつれてエレインにも大人の事情がわかるようになってくる。

現王妃である継母にとって、前王妃の忘れ形見のエレインは好ましい存在ではないのだろう。ましてて、エレインは年々亡き母に似てきているとメリルは言う。なさぬ仲とは、生《な》さぬ仲《なか》と書く。お腹《なか》を痛めて産んだリリーやカナンの将来を思えばこそ、継母はエレインを第一王女として扱うことに抵抗を覚えるのかもしれない。

年に一度か二度、異母弟妹の誕生日の催しに招待される程度のエレインに、継母は冷たくあたった。

――けれど、そんなことも三百六十五日のたった一日か二日ですもの。

本来、王家に生まれた者は王族としての公務がある。離宮に育ったエレインは、そうした行事に参加したこともなければ、他国への訪問の経験もなかった。対外的には、体の弱いエレインを北の離宮で静養させているということになっているため、公務を割り当てられることがないのだ。

美しい盛《さか》りを、エレインは毎日代わり映えなく生きていた。

寂れた丘の上にある北の離宮は、まさにエレインを閉じ込める牢獄《ろうごく》と呼ぶべき代物だ。

勝手に外出することも許されず、せいぜいが城の中庭を散歩するぐらいの日々。それでもエレインは不自由も不満も感じていない。数人の侍女と使用人、二年前までは家庭教師も住み込んでいた。寂しさとは、ひとりぼっちだから感じるものではなく、自分がひとりだと知ってしまったときに襲いかかってくる。

――わたしは、ひとりではないわ。メリルがいて、侍女たちもいる。だから、ひとりだなんて思わないようにしなくては。

悲しいのは、エレインが自分を孤独ではないと考えるときにそばにいる人間として挙げる相手が家族ではないということだが、彼女はそれに気づかない。いや、気づいていないのではなく、あえて考えないようにしているというのが正しいだろう。

現国王ランバートの家族とは、継母とリリーとカナンなのである。そして、エレインの家族は亡き母のみ。

「……お父さま、いったいどのようなご用件かしら」

長い睫毛《まつげ》を伏せて、エレインはほうと息を吐く。

子どものころから、おとなしい娘だった。育ちによる部分もあるのだろうが、快活というよりは内向的で、小さな声で話す少女だったエレインは、十八歳になった今も羽扇で遮られてしまいそうな小声で話す癖がある。

しかし、長年仕えてくれるメリルは、いつでもエレインの声を聞き取ってくれた。

「エレインさまもお年頃ですから、もしかしたら縁談ということもあるかもしれませんね」

予想外の返答に、エレインは目を瞠《みは》る。

そう。

通常ならば、十八歳にもなる王族の娘が婚約もしていないだなんておかしな話なのである。

事実、母は十七歳で結婚して十八歳でエレインを出産した。継母も十九歳で嫁いできたと記憶している。

「縁談……わたしに……？」

メリルに問いかけるというよりは、ただ困惑した唇の紡ぐにまかせたような言葉が漏れた。

それというのも、父と継母の会話が脳裏に蘇《よみがえ》ったからだ。

あれは、去年のリリーの誕生日祝いの席だった。

継母は第二王女の十四歳のお祝いに、そろそろ縁談を考えてはどうかと父に打診したのである。

「ふむ、だがリリーに縁談をというのならば、まずはエレインの婚約者を考えるのが先であろうな」

そう言った父に向かって、継母はキッと目を吊《つ》り上《あ》げた。

だが、賓客の多い場である。王妃である継母は、すぐに表情を和らげてエレインに向き直った。

「ええ、そうですわね。ですが、エレイン王女は縁談より先に健康になっていただきませんと。それまでは、我が国で大切にお育てしてまいりますからね」

エレインは、すらりと背が高く手足が細い。離宮に暮らす理由として、体が弱いことになっているものの実際は健康そのものだ。けれど、色白で同年代の女性より華奢《きゃしゃ》な体つきは、病弱と偽るには格好の的である。

「はい、お継母《かあ》さま」

ここで継母に口ごたえをすれば、周囲からなさぬ仲の母娘がどう思われるか、エレインは知っていた。

それに、自分より先に義妹が婚約することを不快に思ったりはしない。ならば余計なことは言わず、頷《うなず》いて微笑《ほほえ》んでいるのがエレインにできる理想的な対応だ。

「エレイン王女もこう申しておりますもの。陛下、リリーにすばらしい男性を選んであげてくださいましね」

あれから一年近く過ぎたが、未《いま》だに義妹が婚約するという話は聞こえてこない。

——もしかしたら、今日のお呼びはリリーの縁談に関するお話かもしれないわ。

自分の縁談と言われるよりも、そちらのほうがずっと現実味を感じた。

大陸内のどの国でも王族のみならず貴族や富豪は、早くから娘の嫁ぎ先を選別するものだ。場合によっては、生まれてすぐに結婚相手が決まっていることさえある。

——そういう意味では、ニライヤド帝国だけは違ったはずね。

離宮から出ることはできずとも、家庭教師について歴史や地理を学んだエレインは、大陸内の様々な国の文化を知っていた。無論、それは書物から得る知識でしかない。エレインはヘリウォード王国から一歩も外へ出たことがないのだから。

大陸でもっとも広大な国土を持ち、大国として名を馳《は》せるニライヤド帝国は、王族が十八歳未満で結婚することを禁止している。理由は単純で、他国と姻戚による交渉をする必要がないためだ。

それどころか、不必要な関係性の強化は多国間の軋轢《あつれき》を生み出すと懸念し、結婚できる年齢になる以前の縁談すら許されないという。

だが、そこまで徹底した主義がまかり通るのも、ひとえにニライヤド帝国が強国であるゆえであり、それ以外の国では家と家との結婚によりさらなる繁栄を求めることが一般的だ。

——そういえば、先ほどの『壁新聞』というものにニライヤド帝国の名前が見えたような気がしたけれど……

遠目に眺めただけなので、詳細はわからない。大国ニライヤドに何かあったのだろうか。

ニライヤド帝国、またの名を絶対帝国ニライヤド。

「……まさかね」

あの国にかぎって、『何か』はありえないのだ。それほどまでに、エレインの読んだどの書物にもニライヤド帝国を絶賛する言葉が書き連ねてあった。

——何も起こらないほうがいいわ。皆が幸せで、穏やかに過ごしていられることが何よりの贅沢《ぜいたく》なんですもの。

エレインは静かに目を閉じた。

馬車は、蹄《ひづめ》の音を響かせて石畳を行く。

その音に耳を澄ませる。どこかから聞こえてくる子どもの声。あれは女の子だろうか。楽しそうな笑い声に、エレインは小さく笑みを浮かべた。

中央宮殿に、孤独の王女を送り届けるため、馬車は城下を走りつづける。

◆
◆
◆

「——お父さま、今なんとおっしゃったのですか？」

赤い絨毯《じゅうたん》の敷き詰められた謁見の間で、エレインは紙のように白い顔で父王を見つめた。

槍《やり》を手にした甲冑《かっちゅう》姿の兵士が左右の壁を隠すほどに立ち並び、正面の数段高い玉座に座った国王ランバートは威厳ある表情で咳払《せきばら》いをする。父の隣には、すまし顔の継母が羽扇で口元を隠しているが、そのまなざしはどこかこの状況を楽しんでいるようにも見えた。

「我が国の武器商人が、ニライヤド帝国にて投獄されたのだ。皇帝夫妻を殺害した反逆軍と協力体制にあったと聞く」

哀れな第一王女に向かって、ランバートは先ほどより言葉を噛《か》み砕《くだ》いて説明を繰り返す。

それは、三日前のこと。

絶対帝国ニライヤドの皇帝と皇妃が暗殺された。それだけでも信じられないというのに、皇帝夫妻を手にかけた反逆軍に、ヘリウォード人の武器商人が関わっていたというのである。

——ああ、先ほどの壁新聞に書かれていたのはこの事件だったのだわ。

けれど、ニライヤドの皇帝夫妻が殺害されたというだけならばエレインにはなんら関係のない話だ。彼女は離宮で軟禁生活をする身の上、他国で何が起ころうともエレインの日々に変わりはない。

それでも。

見も知らぬ皇帝夫妻の無念の最期を思って、エレインは心痛に唇を噛《か》んだ。

なんたる酷《むご》いことを。

そう思う反面、皇帝夫妻に刃《やいば》を向けることでしか活路を見出すことのできなかった者たちの苦しみに顔を上げていられない。

反逆軍は、捕まり次第極刑を科されるのだろう。彼らはそうと知っていてなお、自国の皇帝を討ったのか。

細く息を吐いて心を落ち着かせようとするエレインの耳に、低い男性の声が聞こえてきた。

「王よ、ここから先は私が代わろう」

兵士たちに囲まれて立っていた、長身の青年がマントを払うようにして右手を横に出す。まるで、国王の言葉を遮るかのような仕草だ。

年の頃は三十前後。黒髪に黒い瞳の、屈強な男性である。肩章の紋章から見るに、彼はニライヤド帝国の皇族に違いない。深く刻んだ眉間のしわが、彼《か》の帝国の悲劇を物語っていた。

「我が名はトバイアス・ロード・ニライヤド。亡き皇帝の甥《おい》にあたる者だ。此度《こたび》は皇帝代理として貴国に参じている」

トバイアスは鋭い眼光でエレインをひと睨《にら》みすると、ヘリウォードの王を軽んじているのを隠しもせず、玉座の前に堂々と立つ。

両手を長剣の柄に載せ、鞘《さや》に収めた剣を杖《つえ》のように体の前についている。

「お初にお目にかかります。ご挨拶が遅くなりまして申し訳ありません。ヘリウォード王国第一王女エレイン・ヘリウォードでございます」

ドレスの裾を両手でつまみ、エレインは王族の娘らしく会釈をした。しかし、長い裾で隠れて見えはしないだろうが、彼女の両脚は小刻みに震えている。

目の前に立つこの男が――トバイアス・ロード・ニライヤドが、心の底から恐ろしかったのだ。

エレインは幼いころから離宮に暮らしていることもあって、大人の男性と接することが少ない。皆無に近い。父と話すときですら緊張するというのだから、初対面のトバイアスを前にして震え上がるのも当然だ。

怯《おび》える心を奮い立たせるのは、自分がこの国の王女であるという矜持《きょうじ》だった。無様な姿を晒《さら》せば、父に恥をかかせることになる。それどころか、ヘリウォード王国の名に泥を塗りかねない。

「なかなか気概のある王女とお見受けした。王よ、ヘリウォード王国が差し出すのはこのエレイン王女で相違ないな？」

トバイアスはにやりと口元に笑みを浮かべ、背後に座るランバートに視線だけを向ける。

――ヘリウォード王国が……差し出す……!?

途端に、エレインの背筋が凍りついた。

まさか、そんなことがあるものか。いかに自分が役立たずの王女だからといって、もののようにやり取りされるなど、あっていいはずが――

「相違ありませぬ。我が娘、エレインを此度の事件の真相が究明されるまで、ヘリウォード王国の誠意として貴国に滞在させますことをお約束いたします」

これほどまでにへりくだった父の言葉を聞いたのは、生まれて初めてのことだった。絶対帝国ニライヤドを敵に回せば、ヘリウォード王国とてただでは済まない。否、それどころか存続が危ぶまれる。

けれど。

実の父が、自分を人質として他国に差し出そうとしている現実を、エレインは絶望的な気持ちで聞いていた。それ以外のことは、何も考えられない。

――お父さまが、わたしを……

見捨てたのだ。父は自分を見限った。

国を守るため、王女としての務めを果たせない不肖の娘を差し出す程度で済むのなら、ランバートとしては一石二鳥だったというのか。

「心配はいりませんわ、エレインさま。ニライヤドの殿方は皆紳士とお見受けいたしましてよ。十八歳にもなって離宮に閉じこもっているあなたでも、国のために役立てるのですから、安心してニライヤド帝国へお向かいなさいね」

沈黙を破ったのは、継母だった。

なさぬ仲の娘が人質として大国へ送られることを、彼女は喜んでいるとしか思えない。さすがに王の表情が厳しくなる。

エレインは、父が何かを言う前に慌てて口を開いた。

「お継母《かあ》さま、ありがとうございます。仰《おつしや》るとおり、わたしでも国のためにできることがあるのでしたら、謹んでニライヤド帝国へ参らせていただきます」

ほんとうは怖い。

縁談ではないかとわずかばかり胸をときめかせたのも束《つか》の間《ま》、今の自分は人質として国を出る羽目になったのだ。怖くないはずがないだろう。

生まれ育った国を出る日が来るとすれば、それは他国の王族との結婚のときだと思っていた。こんな事態を想像したことなどなかった。

だが。

――わたしがお受けすることで、ヘリウォードの民は救われる。ニライヤドと争うことになれば、多くの者が命を失うのだわ。そんなことになるくらいならば……

感情が表情に出にくいことを、今ほど感謝したことはない。いつもは、もっと明るい女性になりたいと願っていたものだが、今日は無表情な自分が役に立つ。

「トバイアス殿下」

まっすぐに黒髪の傲慢そうな男を見つめ、エレインはその名を呼んだ。

「なんだ、泣き言は聞かんぞ」

「此度は皇帝夫妻の不幸、心よりお悔やみ申しあげます」

静かに頭を下げたエレインの衣擦《きぬず》れの音に、謁見の間に集まった者たちは息を呑《の》む。

こんな局面に置かれた十八歳の王女が、泣きも怯えもせずに落ち着いた声音で話す姿は物珍しかったのだろう。

室内に静寂が満ちていく。

エレインは、トバイアスを凝視したままで続きを口にした。

「ヘリウォード王国第一王女として、わたくしが貴国へ参ります。よろしゅうございますか？」

毅然《きぜん》とした態度に、彼女が病弱ゆえ離宮に暮らしているなど誰も思わない。無論、ヘリウォード王国側の人間は皆知っていることだ。だが、ニライヤド帝国から来た兵士たちの目には、凛とした王女の姿が映っていた。

あるいは、気の強い女性に見えていたかもしれない。実際のエレインは、今にも逃げ出したいほどに目の前の男を怖《おそ》れていたのだが。

――わたしが、行かなくては。

彼女を突き動かすのは、第一王女としての矜持ではない。もしも自分では相応《ふさわ》しくないと判断された場合、異母妹のリリーが人質にとられる可能性がある。否、リリーならばまだ良い。王家唯一の男児であるカナンをよこせと言われたら、国は次期王を失う。

だから、エレインは自分が宮殿から半ば追い出された状態の王女だと気づかれないためにも、王女らしい態度を心がけた。

「……構わん。すぐに準備をさせよ。レナルド、王女を馬車に」

トバイアスは、彼女のまっすぐなまなざしを受け止めて、若干不快そうに片眉を歪《ゆが》める。

「はっ、かしこまりました」

レナルドと呼ばれた兵が、エレインのそばへ歩み寄った。

「王女殿下、こちらへ」

その言葉に、今さらながらエレインは言葉を失う。

人質としてニライヤドへ行く決意はできているが、彼らはこのままエレインを連れていくつもりなのだろうか。

——そんな、まだなんの準備もできていないわ。それに別れの挨拶だってしていないのに。

けれど、絶対帝国ニライヤドの皇帝夫妻を弑逆《しいぎゃく》した反逆軍にヘリウォード王国の者が関わっていたとなれば、ことは重大である。こちらから「あと数日後に行くわ」などと言える状況ではない。

黙したエレインは、兵の案内に従って到着したばかりの宮殿をあとにする。わずかばかりの温情は、侍女長のメリルがニライヤド帝国へ同行してくれること。

別れの挨拶もなければ、達者で暮らせのひと言もなく、家族と抱き合うどころか異母妹と異母弟の顔さえ見ることなしに、エレイン・ヘリウォードは生まれ育った国を出た。

◆　◆　◆

生国を出てから一カ月が過ぎた。

それは、塔に閉じ込められて暮らす日々が一カ月過ぎたことにほかならない。

エレインは、窓からニライヤド宮殿の尖塔《せんとう》を眺めて小さくため息をつく。

通称、惑わずの塔と呼ばれる塔に幽閉されて過ごす毎日は、離宮での暮らしより孤独だった。

地上七階の惑わずの塔は、円柱型の建物である。ニライヤド帝国の西に位置する宮殿敷地内にありながら、宮殿からは驚くほどに離れていた。惑わずの塔と宮殿の間には、鬱蒼《うっそう》と繁《しげ》った森がある。そのため、窓から見えるのはわずかに尖塔の先ばかり。

窓際の椅子に腰かけて、エレインは下ろしたままの黒髪を静かに梳《くしけず》る。

艶《つや》やかな黒髪は、幽閉生活にあっても何ら変わらず、むしろ少し痩せた白い頬《ほお》を彩っていっそう美しくさえあった。

「……人質というのは、存外暇を持て余すものなのね」

ひとりごち、小さく息を吐く。

離宮に隔離されていたころは、限られた世界に生きていたとはいえそれなりの自由があった。書物を読むこともできたし、中庭に出ることも可能だった。

けれど、今は。

この塔の六階と七階だけが、エレインの世界。

惑わずの塔とは、そもそもが攻め入られたときに王族が逃げ込むための施設として作られたものだという。籠城を目的として建てられた塔は、一階の入り口以外に出入りできないよう、五階までは窓がない。エレインが使用している六階と七階は、室内に階段があってつながっているが、それより下の階は建物の中央にある螺旋《らせん》階段でしか移動できないようになっている。

しかし、籠城目的に作られた塔はもとの目的のために使われたことはなかったという。

朝夕の食事を運んできてくれるメリルが教えてくれたことには、実際に惑わずの塔が使用されたのは罪を犯した王族を幽閉する場合のみだったらしい。

王に反旗を翻した王族は、この塔に幽閉されて宮殿の尖塔を見つめる生活のなか、次第に壊れていく。ここから出られるのは、死してのちだというのだから、自分にも同じ運命が待ち受けているのだろうか。

エレイン自身は罪人ではない。

だが、ヘリウォード王国の民が、ニライヤド皇帝夫妻暗殺にかかわっていた場合、その責任は父である王にある。国が、民が、そして父や継母、異母妹、異母弟が、離宮に残してきた使用人たちがニライヤドの軍勢に攻撃される姿など、エレインは見たくなかった。

――もとより、わたしは王家のあぶれ者なのだから、ここにいるだけで皆の暮らしを守ることができると思えば、退屈とて痛苦ではないわ。

あの日。

ニライヤド帝国に到着するやいなや、エレインはこの塔へ案内された。否、正しくは連れてこられたというべきだろう。

亡き王の甥であるというトバイアスとは、ヘリウォードの中央宮殿で会って以来、顔を合わせることもなかった。

弑逆されたニライヤド皇帝には、エレインよりも年下の息子がいたと記憶している。けれど、この緊急時を考えれば皇帝に着任するのはトバイアスかもしれない。

――眼光の鋭いひとだった。さぞ名のある騎士なのでしょうね。

ふう、ともう一度息を吐いて、エレインは椅子から立ち上がった。手にした櫛《くし》を窓際の棚に置く。

七階は居室となっており、六階が寝室だ。どちらもそれほど広い部屋ではないが、食事は朝夕運んでもらえるし、夕刻を過ぎると寝室に置かれた浴槽に湯を張ってもらえる。

ある意味では、何不自由ない暮らしだ。

することもなく、日がな一日窓の外を眺めていることを不満に思わなければ――

「退屈だなんて、贅沢なのはわかっているのに」

衣食住に困らず、人質として乱雑に扱われることもない。それでも、窓から空を見上げるだけの日々は、十八歳の女性にとってじゅうぶん酷な状況である。

日暮れていく空を見上げて、エレインは時間が過ぎるのを待った。

遠く飛んでいく鳥たちを羨みはしない。彼らは彼らの苦労があり、自分には自分の人生がある。ただそれだけのこと。そう、ただそれだけの――

夕食を終え、寝室の浴槽で体を清め、あとは寝るだけという頃合いになって、塔のどこかから聞き慣れない音が聞こえてくる。

――まだ、仕事をしているひとがいるのかしら?

六階、七階へ上がってこられるのは元侍女長のメリルだけだ。とはいえ、メリルがひとりでエレインの食事の準備から何からを請け負っているとは考えにくい。会ったことのない使用人たちが、塔の階下には存在するのだろう。

だが、耳を澄ましていると壁の内側から音がする。そんな馬鹿なことがあるだろうか。

寝台のうえに座り、エレインは自分の膝を抱きしめた。理由のわからない物音は、孤独の王女をいっそう震えあがらせる。

頑強な作りの籠城用の建物だ。簡単に忍び込めるような設計にはなっていないだろうし、そもそも隠し通路などがあっては幽閉に向いていない。

だから。

──これはきっと、鼠《ねずみ》か何かが活動しているだけのことよ。怯えたりして、わたしったらほんとうに怖がりね。

エレインは自分にそう言い聞かせる。

湯上がりにゆるく三つ編みにして左肩から垂らした黒髪の毛先を見つめ、なんでもないことだと心で繰り返してみたが、やはり聞こえてくる物音は不安を煽《あお》った。

惑わずの塔に暮らすようになって一カ月。

今まで、こんな音が聞こえてきたことは一度たりとてなかったではないか。

まさかとは思うが先の皇帝夫妻を暗殺した一味を恨み、ひいてはそれに関連したというヘリウォード人の武器商人を憎み、エレインに手をかけようという誰かが忍び込んだ可能性は──

そのときだった。

唐突に、寝台の真下から床板がずれるような音がする。

「ひっ……‼」

エレインは、膝を抱いていた両手で頭を抱えた。

ここには、彼女を守る騎士も兵も存在しない。それどころか、もしエレインの身に何かあっても、明日の朝になってメリルが身支度の手伝いに来るまで誰も気づくまい。

床板をはずすことができるのは、鼠であるはずがないのだ。これは、確実に人間の所業である。

逃げたくとも、エレインには逃げ場所が存在しなかった。六階の寝室から七階の居室へ駆け上がったところで、その先に行き場はない。窓を開けることはできても、そこから飛び降りたら確実に命を失う。

——それでも、辱めを受けるくらいならばいっそ……

殺されるか、自ら死を選ぶか。

一瞬のうちに、エレインはそこまで考えていた。

「——あ、痛っ！」

ところが。

ゴンッという衝撃音と同時に、寝台の下から聞こえてきたのはずいぶんのんきな声である。

「……え？」

それは、声変わりは済ませているものの男性にしては高めの声。あるいは声の低い女性にも聞こえる。

——もしかしたら、この塔にわたしがいることを知らないで迷い込んだひとという可能性もあるのかしら。

そんなはずはあるまい。そう思う反面、聞こえてきた声からは殺気も悪意も感じられなかった。

ゴソゴソとひとの動く気配がして、寝台下からほこりをかぶった金髪が見えてくる。

「あ、あの、あなたは……」

寝間着に上掛けを胸まで引っ張り上げ、エレインはこちらを振り向いた人物に声をかけた。

「何かと思ったら、寝台の真下だったとはね」

燭台《しょくだい》に照らされた薄明かりの寝室で、神々しいまでの金色の髪が揺れる。ふわりとやわらかな髪は、ほこりにまみれていても美しい。

年の頃は十五、六だろうか。

陶器のようなつるりとすべらかな頬と、エメラルドグリーンの澄んだ瞳。少女のように長い睫毛が印象的な少年だった。

それはさておき。

何故《なにゆえ》、唐突に寝台の下から美少年が現れるのか。エレインは、正体不明の物音を聞いていたときとは違う困惑に視線を泳がせた。

「初めまして、エレイン王女」

立ち上がった彼は、軽く衣服のほこりを払ってからにっこりと微笑む。こちらの名を知っているということは、事態も事情も知ったうえで忍び込んできたということにほかならない。

「は……初めまして……」

寝台の端に逃げ腰で座ったまま、エレインはおそるおそる返事をする。

——どうしましょう。もしかしたら、これはわたしの妄想なのではないかしら。

彼女の不安はその一点に尽きた。

なにせ、自分は囚われの身だ。咎人《とがびと》ではないかもしれないが、咎ある者を有してしまった国の王女なのである。責任を負ってニライヤドまでやってきて、幽閉されて暮らしている。

そんな自分の前に、まるで天使のように美しい少年が現れたのだ。これはもう、現実よりも幻覚の可能性のほうが高いだろう。

「急に来たから驚かせてしまったかな。だいじょうぶ、僕はきみに害をなすつもりはありません」

エレインが女性にしては長身だということもあるが、彼はあまり背の高くない。おそらくエレインよりも小柄なくらいだ。

何かあったとしても、抵抗できる——かもしれない。

ごくりとつばを飲み、エレインは彼を観察する。

まだほこりっぽい服は、胸元にフリルの前立てをあしらい、クラヴァット等はつけておらず、赤いフロックコートが少年らしさを際立たせていた。すらりとしなやかな体つきは、乗馬服が似合いそうである。膝下までの編上げ靴を履く少年は、ほこりを取り除いて金髪を櫛で梳《す》いたらどこに出してもおかしくない上流階級の香りがするだろう。

――それに、着ているものがとても上質だわ。あのフロックコート、襟元の金色の刺繍《ししゅう》がずいぶん精緻《せいち》で凝っている。

エレインとて腐っても鯛《たい》ならぬ、落ちぶれても王女。生まれたときから仕立て屋が彼女のためだけにあつらえたドレスを着て育ってきた。そのため、彼が着ている衣服がシンプルに見えても手の込んだものだというのは一目瞭然だった。

だからこそ、現実味がいっそう薄れる。

深夜というにはまだ早い、夜の始まりの時刻。こんな時間に、美しい少年が床下から現れるだなんて、これはもはやエレインの孤独が生み出した幻想なのでは――

「エレイン王女？　聞こえていますか？　もしもし、おーい」

呆《ほう》けたようでありながら、同時に深刻なまなざしで彼を見つめるエレインに、少年は顔の前で手を振って彼女の反応を待っている。

迷いは一瞬だった。

エレインは、細い両脚に力を込めて寝台から起き上がる。そして、素足のままで床に立つと、少年のそばまで歩み寄った。

「……これは幻覚だわ。だから、触れたらきっと消えてしまう。消えてくれるはず……」

ブツブツと自分に言い聞かせ、右手を前に伸ばす。エレインよりわずかに低い身長。見るからにすべらかな頬は、きっと触れることなどできない。そう信じて、彼女は目の前の幻覚に指先を這《は》わせた。

しかし、予想に反して指腹には体温を感じる。

「そんなにこわごわさわられたら、くすぐったいですよ。エレイン王女、僕は幻覚じゃありません。——ね、これで信じてもらえる？」

彼の頬に触れたエレインの指先を、少年の骨ばった手がきゅっと握った。

——幻覚じゃない！

彼が実在すると知って、途端に怖くなる。逃げようと一歩うしろに下がった脚が、がくりと力を失った。しかも、エレインの手を握る彼は彼女を離そうとしない。

「あ、あなたは誰？　なぜこの塔に……」

震える声で問いかけながらも、彼女はなお逃げようと腰を引く。不安定な体勢のせいで、寝

台に膝裏が当たったとき、体がうしろに倒れかけた。

「危ない！」

高い声が鼓膜を震わせたのと、エレインの体が少年のほうへ引き寄せられたのはほぼ同時だっただろう。

「え…………？」

一瞬で、少年の両腕に体を抱きしめられる。

何が起こったのかもわからず、エレインは目を瞬《しばた》かせた。

「落ち着いて見えたけれど、あまり後先を考えるタイプではないんですね、エレイン王女」

耳元で聞こえる彼の声に、なぜか首筋がぞくぞくする。こんなに近くでひとの声を聞くのは初めてだから、そのせいなのかもしれない。

「ああ、それにほっそりして見えましたが、女性らしいやわらかな体です。腰は細すぎるけれど、お尻のあたりは――」

平然と背から腰、臀部《でんぶ》へ下りていく彼の指先を感じて、エレインは両手で少年を突き飛ばした。

「なっ、何をするのです！」

突然突き飛ばされて、彼はその場に尻餅をつく。体を支えるため、後ろ手を床についた少年は「あいたた」と眉を歪めた。

「ひどいな、いきなり突き飛ばすだなんて。僕が聞いていた話では、あなたはおとなしく知的な女性だったはずなのに。やはり、伝聞とは正確でない部分があるものですね」

悪びれることなく、彼はゆっくり立ち上がった。

身長こそエレインのほうが高いけれど、先ほど引き寄せられた力を考えると、組み敷かれたら抵抗するのは難しい。本能的にそれを察知して、エレインは両腕で自分の体を抱きしめた。

どんなに柔和な笑顔を向けてきていても、相手はどこの誰とも知れない男だ。自分より年少であれど、男は男なのである。

だが、エレインの怯えを感じたのか、彼はそれ以上近づいてくることはなかった。

優雅な所作でお辞儀をする姿は、まるで舞踏会の青年貴族のよう。無論、エレインは舞踏会でダンスを申し込まれたことなど一度もない。社交の場に招待されたことがそもそもないのだから。

「怖がらないで。僕はシス。あなたと友だちになりたくて来ました」

「シス……？」

「そう、ただのシスだよ。エレイン王女」

微笑んだ少年――シスは、教会の宗教画に描かれた天使もさもありなんという無垢《むく》な美しさで、邪気のなさを全身から発している。

「そんな、でもここは、簡単に忍び込めるような建物ではないはずだわ」

「それはもちろん、簡単ではなかったよ。宮殿から隠された地下通路を辿《たど》ってきたんですから。見てください、僕のこの格好。服も髪も汚れて、まるで煙突掃除じゃありませんか？」

屈託のない笑顔に、彼を暗殺者の類《たぐい》とは考えられなくなった。自分を邪魔に思う者の手先ならば、こんなふうに話しかけたりせず、あの両手を首にかければいい。

――だったら、どうして……？

背はエレインのほうが高いが、手はシスのほうが大きかった。指が長くて、器用そうな彼の大きな手。体つきと相反したその手の大きさが、アンバランスな少年の美しさを際立たせている。

「孤独の王女さま。僕はあなたに会いたかったんだ」

遠くで梟《ふくろう》の声がした。

気がつけば、夜は深まっていく。時間の砂ばかりは、どんな金持ちもどんな王族もこぼれ落ちるのを止めることができない。

エレインは、目の前の信じられない現実を何度も何度もまばたきをして確認したが、これは消えてしまう幻ではなかった。

「………それとも、僕では友だちに相応しくない？」

黙り込むエレインに、シスは戸惑う素振りで視線を落とす。

「いえ、そういうことではないわ。ただ、驚いたというか……」

驚いただけではないのだが、うまく言葉が見つからない。

なぜ、自分と会いたかったのか。

なぜ、宮殿の地下通路なるものを知っていたのか。

そして、なぜ。

――この国で、わたしは憎むべき相手のはずだというのに、友だちになりたいだなんて言うの……？

「ほんとうに？　だったら、僕たちは友だちになれるかい？」

エレインの返事に、シスがぱっと表情を輝かせる。

夜の帳《とばり》が張り巡らされた惑わずの塔で、彼の笑顔だけが眩《まぶ》しいほどに輝いていた。

◆　◆　◆

いくつもの疑問はそのままにのらりくらりと答えをかわしたまま、シスは夜になるとエレインのいる惑わずの塔へやってくるようになった。

最初は当惑していたエレインだったが、やはりひとりぼっちの毎日より話し相手がいるほうが良いに決まっている。夜ごと訪れるシスを、次第に待ちわびるようになっていた。

彼はときに珍しい菓子を持ってきては、エレインにこっそり差し出す。あるいは、ひと抱えもある書物を運び入れたりもした。

時間を持て余してばかりのエレインに、娯楽を与えてくれようとするシスの気持ちがありがたい。

「こんばんは、エレイン」

今宵《こよい》も、シスは輝く笑顔で彼女の前に現れた。

エレインの生活を把握しているのか、彼は入浴が終わるより以前にやってくることはなく、かといって寝入ってから訪れることもない。

「こんばんは、シス」

まるで、魔法使いのような少年だ。

幼さの残るあどけない顔をしていながら、シスのエメラルドグリーンの瞳はエレインの心まで見通している。そんな気がしてしまう。

――きっと、シスがわたしを思いやってくれるから、そう感じるのでしょうね。

たったひとりの友だち。

彼が来てくれる夜は、エレインにとって大切な時間になりはじめていた。

今日も今日とて、シスは頭に蜘蛛《くも》の巣をつけている。話によれば、彼は宮殿から秘密の地下通路を歩いてきて、塔の地下から壁のなかにある梯子《はしご》を登ってきているらしい。結果、蜘蛛の巣やほこりにまみれてしまうのだ。

だが、この惑わずの塔が王族が窮地に陥った際の最後の籠城の場だということを鑑みると、宮殿から地下通路があるのはおかしなことではない。

地上を逃げてくるよりも、地下に潜んで移動したほうが敵に見つかる確率はぐんと低くなるだろう。

「今夜は、少し珍しい季節の果物を仕入れてきましたよ」

そう言って、シスは白いハンカチで包んだ果実を見せる。

「まあ、これは……カリン？」

ころりと球形をしているが、どこか不格好なその実は、エレインの知るカリンによく似ていた。

「残念。これはマルメロです」

「マルメロ？　初めて聞く名前だわ」

手渡された果実は、表面にうっすらと柔らかな毛が生えている。香りはカリンにそっくりで、カリンより小ぶりだ。

「僕はマルメロで作る果実酒が大好きなんだ。だから、一度でいいから生で食してみたいと以前から思っていたんだよ」

シスの話し方は、敬語が入り交じる。けれど、その敬語がときどき失われるのが、エレインはとても気に入っていた。

それが彼の少年らしさに思えて、どこか微笑ましい。

「でも、カリンに似た果物だったら、そのまま食べてもおいしくないのではないかしら」

ヘリウォード王国において、カリンは珍しい果実ではなかった。シスの言うマルメロの果実酒と同様に、カリンを漬け込んだ酒や、砂糖で煮詰めたジャムはエレインも好んで口にした記憶がある。

「そんな馬鹿な。マルメロの果実酒は、香りも口当たりもよく、とても甘いものなんですよ?」

シスはエレインの言葉を信じられないらしく、驚いた様子で目を丸くした。

「きっと、生の果実ならさらにおいしいに決まっている。さあ、エレイン、一緒に――」

食べよう、と彼は言いたかったに違いない。

だが、ここには果実を剝《む》くためのナイフがないのだ。エレインの身の回りに置かれたものは、彼女が自身を傷つけることのできないよう、配慮されたものばかり。

「困ったわね。残念だけれど、ナイフは用意がないの」

「考えてみれば当たり前でした。仕方ない」

彼は、エレインに自分の身分を明かさないものの、エレインの状況を把握していることを隠しもしない。

前皇帝夫妻を弑逆した反逆軍にかかわりのある国の王女。それがエレインだ。

無実の彼女がヘリウォード王国の誠意として幽閉されているとなれば、人質なのは明白である。ほかに彼女の立場を表す適切な言葉は見当たらない。

そして、人質とは生きているからこそ意味のある存在だ。

孤独な日々に絶望して、エレインが命を絶ったりしないよう、彼女の部屋には刃物や陶器、それに紐状《ひもじょう》のものも置かれていなかった。

仕方ない、というシスの言葉に「食べられなくても仕方がない」というニュアンスを感じたエレインだったが、彼はおもむろに果実をかじる。

「えっ……？」

宮殿を自由に出入りできることや、専用の仕立て屋に作らせたとしか思えない上質な衣服から、おそらく王族のひとりなのだろうと思っていたシスが、皮も剥いていない果実にかぶりついたのだ。エレインが驚くのも無理はない。

彼女の視線の先、みるみるうちにシスの眉間にしわが寄っていく。

「信じられない！」

咀嚼《そしゃく》した果実をなんとか呑み込んだらしい彼は、怒りに似た声をあげた。

「やっぱり、あまりおいしくはなかったようね」

「おいしくないだなんて、そんな優しい言葉では足りません。僕の知るマルメロとこの果実は別のものなんじゃないか？」

いつも愛らしい笑顔を見せる彼が、顔をしかめて口を歪めている。果実《マルメロ》よりも、シスの表情こそが珍しい。

――もし、わたしに歳の近い弟がいたらこんな感じだったのかしら。

異母弟のカナンとは、歳が離れているだけではなく共に暮らしたことがない。だから、エレインにとってシスこそが弟のような存在だった。

「エレイン、あなたも食べてみてください」

「いやよ。だって、おいしくないのでしょう？」

苦々しい表情のシスが、こちらに果実を差し出してくる。エレインは笑ってそれを避けた。

「おいしくないからこそ、この味を僕たちは共有すべきだと思う」

まったく論理的ではない彼の言葉に、いっそうエレインは笑い声をあげた。

自国に暮らしていたころには、いつも表情のない王女だったエレインが笑っている。シスと過ごす時間は、それほど彼女にとって特別なものだ。

初対面のときこそ、会話をするだけでも緊張したものだが、今のエレインにとってシスは唯一無二の存在である。

彼といるときは羽扇で顔を隠す必要もない。王女らしく振る舞う必要もなければ、感情を殺す必要もない。

今の自分が、ほんとうの自分。

エレインは無意識にそれを感じていた。

「シスったら、おいしくないと知っていて、食べたがるひとなんていないわ」

「そう言わずに、ひと口だけでも」

いつしか、ふたりはそう広くない寝室で追いかけっこをする羽目になっていた。逃げるエレインを、シスがマルメロを手に追いかけてくる。

まるで子どものころに戻ったようだ。

とはいえ、エレインには同年代の子どもと追いかけっこをした記憶はない。若い侍女たちが遊んでくれた、あの懐かしい日々――

「さあ、追い詰めましたよ。もう逃げ場はないからね？」

気がつけば、エレインは壁に両手をついていた。背後にシスの気配がある。笑い顔で振り返ると、想像していたよりも距離が近い。

「シス……？」

その距離に驚いたのは、エレインだけではなかったようだ。

シスはわずかに戸惑いの表情を浮かべた緑色の瞳を泳がせ、何かを決意したように唇を引き結ぶ。

――どうして黙り込むの？

目と鼻の先に、彼の美しい相貌がある。

大理石もかくやというまでに、白くすべらかな肌。エレインは無意識に手を伸ばし、彼の頬に触れていた。初めて会った、あの夜と同じだ。

「んっ……」

彼がくすぐったそうに体に力を入れる。

ほんのりと赤く染まった頬が、いっそうシスを美しく見せるだなんて知らなかった。

「あなたの肌は、とてもきれいね。ニライヤドのひとは、皆こんなに美しい肌をしているの？」

弟のような少年を相手にしているから。

あるいは、エレインが男女の違いをはっきりと認識していないから。

理由はさておき、彼女は無防備にシスの頬を指先でなぞる。顎までたどり着いて、ついいたずら心に火がついた。

「やめてください。なんだかおかしな気になります」

せつなげに顔をそむけたシスが、半眼で視線をよこす。その目元が、今まで見た彼とは違う魅力を語っていた。

もっと。

もっと、彼の戸惑う顔を見たい。

それはエレインも知らなかった、自分のなかにある欲望だ。年下の少年の恥じらう姿が、なぜ自分の心を震わせるのか。理由などわからないまま、エレインは指を彼の喉に這わせた。

「だって、こんなにきれいな肌なんですもの。さわってみたくなるのは当然だわ」

そういえば、彼の年齢を聞いたことがない。

なにしろ、シスは身分も住まいも、なぜエレインがここに幽閉されているかを知ったのかも、そして地下通路を知る経緯も教えてくれなかった。

年齢は、それらの疑問より後回しになっていたのである。

「エレイン、あなたはわかっていて僕に触れているわけじゃない……よね？」

「わかっていて？　何を？」

下ろしたままの黒髪が、首を傾《かし》げたエレインの肩でさらりと揺れた。

「……やはり、わかっていないらしい」

彼は小さく息を吐くと、おいしくないと言ったはずのマルメロを思い切りよくかじる。

その所作に、エレインは目を丸くした。そしてふふっと笑い声を漏らす。

自暴自棄とも思えるシスの行動が、おかしくなってしまったのだ。

けれど。

「シスったら、また――ん、んぅっ……!?」

唐突に唇を塞がれて、笑い声はくぐもった呻《うめ》きへと変わった。

エレインの唇を塞いでいるのは、シスの唇で間違いない。それは、いわゆるキスというものである。

――嘘《うそ》、どうしてこんな……

鼻腔《びこう》にマルメロの香りがふわりと広がった。想像どおり、カリンによく似た香りだ。

だが、そんなことよりもなぜシスが自分にくちづけているのか、エレインの頭はそのことでいっぱいだった。

「や、駄目、こんな……」

彼の胸に手のひらを当て、エレインは体をよじる。しかし、それを許さないとばかりにシスは両腕でエレインの腰を抱きしめた。

彼の手から落ちたマルメロが、床に落ちる。

ゴトッと足元から音がして、エレインが顔を上げたそのとき。

「駄目なわけがありません。僕は、何をしても許される立場にある」

そう言って、シスは再度唇を押しつけてきた。

「ん、ん……っ」

ふたつの唇が重なると、そこから得も言われぬ甘い感覚が全身へ伝わっていく。下から押し上げるようにしてエレインの唇を奪うシスは、腰を抱く手に力を込めた。

――なぜ、キスをするの？　わたしたちは、友人ではなかったの？

そして、何をしても許される立場とは、いったい――

だが、エレインの疑問はそれほど長く彼女の意識を支配することはなかった。

柔らかく、あたたかな唇。角度を変えては、何度も重なるくちづけに、だんだんと何も考えられなくなっていく。

下唇を甘噛みされると、知らず喉が反《そ》った。それを追いかけて、シスはいっそう体を密着させる。

コルセットをつけていない、寝間着の胸元が少年の若々しい胸板で押しつぶされた。

「エレイン、エレイン……」

せつなげに彼女の名を呼んでは、シスがひたすらに唇を求めてくる。

甘く、高く。

それでいて心を蕩《とろ》かせるように優しい、彼の声。

「ん、こんなこと……ぁ、駄目、駄目なのに……」

いけないことをしているという意識が、いっそう彼のくちづけを強く認識させてしまう。触れた唇の温度も、強く抱きしめられた体も、エレインの知らない感覚を呼び起こすのだ。

背筋がぞくぞくと痺《しび》れて、膝の力が抜けていく。

「駄目なことなんてないよ。僕は――ほんとうは、こうしてあなたにキスしたいといつだって思っていました」

その言葉が何かの合図だったかのように、シスは唇を重ねるだけに留まらず、舌先をエレインの口腔《こうこう》にもぐり込ませてきた。

「――っっ、ん、……んんっ⁉」

粘膜を舐《な》められる、言葉にならない恍惚《こうこつ》。初めてそれを知ったエレインは、びくびくと肩を震わせる。

シスとて、慣れた行為ではないのだろう。彼の舌先もまた、どこか不安げだ。

けれど、エレインの反応を見ながら、彼は少しずつ先へ進もうとしていた。

逃げる彼女の舌に自分の舌を絡ませて、シスが甘く吸い上げる。そうすると、エレインの体の奥深いところから不思議なせつなさが抜き取られていくようだ。

——駄目、そんなにしないで。何も考えられなくなりそう。

いっそ、このまま彼のくちづけに溺れていたい。エレインは目を閉じて、シスのフロックコートに爪を立てた。

押しつぶされた胸が、ひどくせつない。

おかしなことに、胸の先が疼《うず》くのだ。そんなところがむず痒《がゆ》いだなんて、どうしてしまったのだろう。

「ん、んん……っ」

ちゅうっと音を立てて舌を吸われると、こらえようとしても鼻から声が抜けてしまう。

「エレイン、感じてくれてるんだね」

「感……じ……？　あっ、や、いや、何を……」

ナイトドレスの胸元が、知らない間にくつろげられていた。ふっくらとした乳房が空気に触れている。膨らみも、先端の色づいた部分も、すべてがシスに見られているだなんて。

「すごい……。こんなにきれいだなんて、知らなかった」

シスは、抗《あらが》おうとしたエレインの両腕をつかんで壁に押しつけ、左右の乳房に顔を近づける。

「いや……！　シス、やめて。駄目よ。これはいけないことなの」

それでもまだ、エレインは彼を弟のように扱った。

年下の、美しい友人。

彼が異性であることは、最初からわかっていた。

けれど同時に、唯一の友人との間に距離をおかなかったのも事実だ。彼が男性であるという事実を知りながら、寝間着姿でふたりきりで過ごしていたのである。

「いけないこと？　ねえ、エレイン。何がいけないのか教えてください。こうして、あなたの胸を見ることですか？　それとも――」

左胸の先端に、何かがかすめた。

そう思ったときには、エレインの唇は今まで自分でも聞いたことのないはしたない声を紡いでいた。

「あ、あっ……！」

びくん、と腰が震える。

何をされたのか。目を開けて、おのれの体を見下ろせば、左胸の中心にシスがキスをしているではないか。

「こうして、あなたの胸にキスをしたらいけないのかな。ああ、もしかしたら舌で舐めるのが悪いこと？」

「違……っ……、あ、違うの、こんなことは……」

十八歳になるエレインは、それが夫婦のすることだと知っている。もちろん、経験がないのだから詳細を知っているわけではない。

けれど、素肌をさらして体を委ねるということが、夫となるひと以外に許されないことだという認識はあった。

両手でエレインの腕を押さえているため、シスは顔ぐらいしか自由が利かない。彼はわずかに膝を曲げ、エレインの胸に舌先を躍らせた。

「ん、あぁ……っ、やめて、やめて……！」

ちろちろと頂を転がす舌に、体の奥から淫靡《いんび》な快感が滲《にじ》んでくる。それは、エレインの脚の間を甘く濡《ぬ》らしていくのだ。

「やめてと言いながら、胸の先が硬くなってきているよ。エレイン、こうすると気持ちがいい？」

凝《しこ》った先端を舌で弄《いじ》られるたび、おかしいほどに腰が揺れる。

「んーっ、駄目ぇ……！」

エレインは目を閉じて、必死に首を横に振った。

「駄目？　ほんとうに？」

シスの声は、いつもよりずっと低くかすれている。彼が少年ではなく、男なのだと痛感して、エレインは懸命に逃れようと体をよじる。そのたびに、乳房がいやらしく揺らいだ。

「ねえ、エレイン。ほんとうに駄目ですか？　少しも気持ちよくはない？」

腰から首筋まで、甘い予感のような何かが駆け上ってくる。

「気持ち……いいから、駄目なの。シス、お願い……」

お願いだから、やめて。

そう言ったつもりだったが、最後まで言葉にならなかった。

「うん、わかったよ。あなたのお願いなら、僕が断る理由なんかありません」

幸せそうな笑みを浮かべたシスを見て、エレインはほっと安堵《あんど》の息を吐く。よかった、わかってくれた。そう思ってのことだったが、彼女の予想に反してシスは胸の先端をぱくりと咥《くわ》え込んだ。

「……っっ、あ、違……駄目ぇ……！」

「お願いだから舐めてと、あなたが言ったんです、エレイン」

違う、そんなことは言っていない。

心が叫ぶのと裏腹に、彼に吸われて胸のせつなさが高まっていく。柔らかな舌が、あたたかい口腔が、敏感な部分を優しく刺激してきた。

舐められるのとは、まったく異なる。

より強く、彼の熱を感じる行為にエレインの呼吸が荒くなる。息を吸うたび、喉の内側が熱い。否、喉だけではなく体全体が内から燃えてしまいそうな気がした。

「こんなに乳首を突き出して、エレインは清楚《せいそ》な見た目とは違ってとても敏感な女性なんですね」

うっとりとこちらを見つめるシスが、甘い声で囁《ささや》く。

――敏感？　わたしが？

体の感度を確かめられたことなど、いまだかつて一度もない。何より、誰かとこれほどまでに近づいた記憶がないのだ。

幼くして母を亡くし、父と過ごした時間もほとんどなかったエレインは、シスの体温を感じるたびに泣きたくなる。

悲しいのではなく、だからといって嬉《うれ》しいとも表現しがたい。これはいったい、なんという感情なのだろう。

「それに、大人びて見えたあなたが僕にキスされて、胸を吸われて、かわいく腰を揺らす姿は――たまらない」

もとより、あまり感情豊かとは言いがたいエレインだったが、それでもシスといるときはよく笑っていた。

彼のあどけない一挙手一投足に、油断しきっていたのかもしれない。

シスが男性だということも、よく考えていなかった。

彼は男で、自分を組み敷くことのできる立場にある。その事実から、あえて目を背けていたのだ。

――だから、こんなことになったのだわ。わたしがいけなかった。シスはきっと、無邪気なだけなのに……

雄《オス》の顔でエレインの体を自由にする姿を見てもなお、彼女はシスを信じていたかった。これは、彼にすれば新しい遊びのひとつに過ぎない。そう思い込みたかった。

自分ばかりが、彼を待っている。

自分ばかりが、彼と会うのを楽しみにしている。

自分ばかりが――彼を、想《おも》っている。

まさかと思う反面、気がつけばエレインはシスに対してほのかな恋心を宿していたのである。

それが恋だと気づくよりも先に、唇を奪われた。あまつさえ、ナイトドレスをはだけられて、胸に愛撫《あいぶ》までされている。

「かわいい……、とてもかわいいです、エレイン」

夢見るような声音で、シスが何度も名前を呼んだ。

すでにエレインの体は力が入らなくなっており、両手をつかむシスに体重をかけている。彼が手を離せば、そのまま床にくずおれてしまいそうだ。

どれくらいの時間が経《た》っただろう。

紅潮した頬が熱い。彼に舐められ、吸われつづけた胸の先はジンジンとせつない。

「――……これ以上は、僕が我慢できないな」

唐突にシスが立ち上がった。手首の拘束が失われ、同時に彼はエレインを抱きとめる。

「シス……………？」

「そんなに色っぽい声で僕を呼ばないでください。そうでないと、ここでやめる決心が揺らぐ」

その先に何があるかを、エレインは知っていた。夫婦が子どもを作る行為そのものについては、家庭教師から教えられている。

だが、これほどまでの快楽が伴うとは聞いていなかった。

「あなたの純潔は奪いません――まだ、ね」

エレインを抱きしめて、シスは右手で頭をぽんぽんと撫《な》でる。大きな手が、大人の男に思えた。

彼はまだ、少年と呼ぶに相応《ふさわ》しい外見だというのに、その手だけがすでに大人のように思えたのだ。

――純潔は、奪わないでくれるのね。

人質として幽閉されている以上、エレインには人並みの結婚など望めない。まして恋をする自由が認められるはずもない。

それでも。

もし、許されるのならば。

――わたしを奪うのは、シスだったならいいのに……。

言葉にはできない想いを、エレインは胸の奥にしまい込んだ。

口にすればきっと、悲しくなる。

「……意識を失ってしまったんですか？」

目を閉じて、何も答えないエレインに彼が優しく問いかけた。

「今夜はここで終わりにしますよ。僕は、あなたに本気になりそうだから――」

彼の言葉の意味するところを理解するなど、快楽にまみれたエレインには無理な話だ。ひたすら感じさせられた体は、思考を失っている。

「おやすみなさい、エレイン」

彼はエレインを寝台に横たえると、ナイトドレスの胸元を直して寝台の下へと消えていった。

残されたエレインは、胸の苦しさを噛みしめて夜が明けるまで息を殺していた。もっと彼を感じたいと訴える、焦らされきった体を持て余して――


明け方近くになって、やっと眠ったエレインだったが、目を覚ますと昨晩のことはすべて夢だったのではないかと思えてくる。

体にはまだ、シスのぬくもりが残されている気がしたけれど、あんなことがふたりの間に起こるはずがない。

自分は人質であり、彼はこの国の皇族らしい。ならば、友だちになることはできても、自由に恋愛をするなど許されるはずもない。

――だけど、シスはわたしを好きだと言ったわけではないわ。体を求めて、甘い快楽を与えてくれただけ。

彼自身の欲望を満たしたわけでもなく、シスはエレインの胸を堪能したまでである。

睡眠不足の瞳に、床に転がるマルメロが映った。

一瞬で、エレインの体に昨晩の快楽が蘇ってくる。

シスのキスが、舌が胸を這う感触が、感じやすい部分を吸われる悦《よろこ》びが、一度に思い出された。

「――っっ、いけないわ、あんなこと思い出してはいけないのに……！」

それでも、エレインはマルメロから目をそらせなかった。メリルが起こしにくるまえに、どこかに隠さなくては。

わかっていても、甘い余韻に溺れるエレインは寝台から起き上がることもできない。

彼のくれるものは、ひとりぼっちではない安心感と、優しい時間。そして、誰も教えてくれなかった、甘く淫らな自分という存在――

◆　◆　◆

皇太子アレクシスは、朝の陽射《ひざ》しが眩しい朝食室でぼんやりと空を見上げていた。

――なぜ、あそこでやめたんだろう。

欲求不満は、眠りを妨げる。

睡眠不足でも、彼はいつまでも寝ているわけにはいかなかった。

黒曜石のテーブルに並ぶスープもパンも果実も、今日の彼は手が伸びない。求めているものは、わかっている。

ニライヤド帝国では、十八歳になるまで結婚することを許されない。それは皇族であっても同様だ。十六歳の彼は、それまで女性に対して性的な興奮を覚えたことがなかった。

――自分は淡白なのだろうと思っていた。それなのに。

相手が女性であれば、誰でもいいという男性も世の中には存在する。性的な関係というものは、それほどまでに魅惑的な何かなのだと聞いて知っていても、アレクシスにとって女性は関心の対象外だった。

しかし、彼女は違った。

彼女といるときだけは、ひどく心がざわつく。美しい黒髪に触れたいと願い、細い体を抱きしめたいと懊悩《おうのう》した。アレクシスにはそれをしたところで咎める人間はいない。

両親を失い、歳の離れた従兄《いとこ》のトバイアスに国を委ねることも一時は考えた。アレクシスには、権力への欲求というものもなかったからだ。

だが、彼女と出会ってからというもの、考えない日はない。

あの美しいひとを妻とするために、自分はどのような行動をとるべきか。どうすれば、彼女を妃に迎えることができるのか。

もともと、アレクシスは幼少期から優れた少年だった。学問においては、十歳になる前に王立学院の教師たちから「アレクシスさまには、これ以上同世代と共に学ぶ意味はありません」と言われるほど、覚えが早かった。以降は政治学や経済学など、皇太子として必要な学問を家庭教師から学んでいる。

けれど、どれほど能力があったとしても皇帝になりたいと思ったことはなく、まして国を率いていくことを望んだこともなかった。自分よりも従兄のほうがよほどこの国を導くに相応しい。そう考えていたほどだ。

けれど、そうは言っていられない。

欲するひとを手に入れるためには、アレクシスは玉座につく必要がある。そのうえで、彼女を妃に迎え入れるため、周囲を納得させねばならないのである。

「最初は、ちょっとした気まぐれだったのになあ」

誰に対しても礼儀正しく、笑顔の愛らしい皇太子。それが、アレクシスへの評価だった。

同時に彼は、誰に対しても心を許すことのない少年だったが、そんな内面を知る者は存在しない。

両親を失ったときにも、悲しみや怒りの感情は湧いてこなかった。

自分は、何か欠落した人間だ。望むものもなく、夢見る未来もない。ただ、時間を消費するだけの存在だと諦めに似た気持ちをいだいていた、この十六年。

彼はついに、求める存在に出会ったのだ。

幽閉された、孤独の王女。

彼女に会いに行ったのは、それこそただの気まぐれによるものだ。

父と母を殺した反逆軍が、武器を調達していた商人がヘリウォード王国の者だった。ただそれだけの理由で、他国の塔に幽閉されることになった彼女。

気まぐれのきっかけは、彼女が自国でも隔離されて育ったと知ったことである。

病弱ゆえに療養を兼ねて離宮で暮らしていたと書かれた報告書を見て、アレクシスは首を傾げた。病弱ならばこそ、宮殿にて手厚い看護を必要とするものではあるまいか。それがなぜ、離宮に暮らす必要があったのか。

彼女と話してみて、その理由はすぐに思い至った。幼くして母を亡くした彼女は、母親似の美貌だったという。おそらく、それを疎んじた継母に宮殿から追い出されたに違いない。

——けれど、あなたはそんなことをおくびにも出さないね、エレイン。

どこか儚《はかな》げでありながら、凛として立つ彼女の背筋にアレクシスは心を奪われた。大陸では珍しい、直毛の黒髪。蒼玉にも似た美しい青い瞳。それでいて、触れることをためらうほどの白肌。

たしかに感情豊かな女性ではなかったけれど、だからこそアレクシスは彼女といる時間を好んだ。

自分の身分を知らない、それゆえに、必要以上に媚《こ》びへつらわない彼女に心惹《ひ》かれるものがあった。肩書ではなく、自分という存在をまっすぐに見つめてくれる彼女の瞳にやすらぎを覚えていたのかもしれない。

好きになった理由は、後付けだ。いくら挙げ連ねたところで、なぜ好きになったのかを説明することなど不可能である。

だからこそ。

彼女に身分を明かすことを、アレクシスはよしとしなかった。

無理矢理《むりやり》にこの国へ連れてきて、高い塔のうえに幽閉している。彼女は、アレクシスが皇太子だと知れば、今と同じようには笑ってくれないだろう。彼女の境遇は自分のせいだと思われてもおかしくない。

実際には、アレクシスは書類にサインをしただけだ。皇帝代理として、皇太子の彼が許可を出し、彼女を惑わずの塔に閉じ込めている。

「僕は、きみを娶るために努力をしなくてはいけないんだな」

ふう、と長い息を吐いて。

アレクシスは朝陽に目を細める。

昨晩の愛らしかった彼女の姿が、今もまぶたの裏に焼き付いていた。

——きみの純潔は、僕のものだ。

そして、彼女の未来も自分だけのものにしてしまいたい。

皇太子は、それまでの人生で欲したことのない権力者の座を、今こそ手に入れるときだと実感していた。

愛する女性を、我が手に抱く権利を手に入れられるのならば、付随するすべての義務と責務を果たす。それだけの能力が自分にはあることを、彼はよく知っていたのである。

◆　◆　◆

「エレインさま、何か良いことでもありましたか?」

無愛想なメリルがそう尋ねたのは、とある朝のことだった。

急な問いかけに、エレインは目を丸くする。

「わたし、どこかいつもと違っていて？」

質問に質問で返したのは、ある意味ではメリルの感じている『何か』が当たりだからだ。

初めてキスをした夜から、シスは少し変わってきている。もともと、彼と過ごす時間はエレインにとって楽しいものだったけれど、ふたりの距離が近づいていく毎日が、今はたまらなくいとおしい。

無論、あれ以上の行為に及ぶべきではないとわかっていた。シスもそのあたりは理解してくれているらしく、エレインの肌に触れたりはしない。

それでも。

おやすみのキスをして、帰っていく彼の背を見るたびに心が締めつけられる。唇は甘く腫れ、もっと彼を感じていたいと訴えた。

シスが帰ったあとは、次に彼が来るときを待ち望んで心が逸《はや》る。

毎晩来られるわけではないらしく、数日おきの逢瀬《おうせ》だ。想いを口に出したことはないけれど、言葉にせずとも互いに惹かれあっていることは伝わる。

「いえ、なんだか最近は顔色もよろしゅうございますし、お食事も残さず召し上がっていらっしゃいますから」

そう言われてみると、たしかにニライヤドへ来た当初はふさぎ込んでいたかもしれない。離宮からほとんど出たこともなかったのに、見知らぬ国へ連れてこられ、塔に幽閉されているのである。毎日食事がおいしくてたまらない、なんて心境には程遠かった。

現に、今とてエレインの環境は何も変わっていない。塔の六階より下へは地上へ近づくことも許されず、日中は空を見上げて過ごすばかりだ。

代わり映えのない日々を生きるはずのエレインに変化があれば、それはメリルでなくとも何かあったのかと気にするのは当然だろう。

——いけないわ、わたしったら。シスが忍んで遊びに来てくれることは、誰にも気づかれるわけにいかないのよ。

幽閉とは、エレインが外へ出られないことばかりではなく、誰かが彼女に近づくことをも禁じるものである。

人質とはいえ、エレインはヘリウォード王国の王女だ。過ちがあっては国家間の問題となろう。

「きっとこの国の空気に馴染《なじ》んできたのね。いろいろと心配をかけてしまってごめんなさい」

嘘をつくのは心苦しいけれど、真実を告げるわけにもいかず、エレインは曖昧な返事をした。

「それであれば良いのです。差し出がましいことを申しました」

「いつもわたしを気にかけてくれてありがとう、メリル」

たったひとり、ヘリウォード王国からついてきてくれた元侍女長。今、この塔で働くメリルはどのような役職なのだろうか。ただの侍女か、あるいはエレインを見張る立場なのか。

どちらにせよ、侍女長より出世したと言えないのは決まりきっている。

「それに、一緒にヘリウォード王国へ来てくれてありがとう」

「そのようなお言葉はメリルには不要でございます」

ワゴンに食器を片付けながら、彼女は頭を下げた。

「そういえば、ついに新皇帝が即位されるそうです」

「まあ……、そうなの。思っていたよりも早かった気がするわ」

先の皇帝夫妻が弑逆されてから、すでに半年が過ぎている。その間、メリルから聞いた話によれば若き皇太子が皇帝代理を務めていたはずだ。

すぐに即位の儀式が行われなかったのは、次期皇帝をそのまま皇太子が担うべきかどうか、枢密院で審議があったからだと聞いている。

十六歳の皇太子は、皇帝となるにはあまりに若い。絶対帝国ニライヤドを背負うには、その肩はおそらくまだ華奢すぎるのだろう。

それに、エレインがヘリウォードの謁見の間で会った皇族のトバイアス。彼の存在も、あるいは皇太子の即位に影響を及ぼしたのではなかろうか。

——若くして、威厳のある方だったわ。兵たちもトバイアスさまを信頼しているように見えたから、彼を担ぎ上げる一派もあったのかもしれないわね。

「新皇帝は、先の皇帝の忘れ形見であるアレクシス殿下と聞いております」

「アレクシス……殿下」

その名前に、何か引っかかりを覚える。

単純に、シスのことを思い出したというだけの話だ。だからといって、短絡的にシスを皇太子なのかもしれないとは考えなかった。

——それもそうよ。だって皇太子の立場にあるひとが、あんなふうにわたしの部屋へ忍んでくるはずがないもの。

マルメロをかじったときのしかめた眉、キスをしたときの甘い唇、それに初めて寝室に現れたときの寝台に頭をぶつけたシス——

彼と知り合って、もう五カ月が過ぎていた。

気づけば、心は彼のことでいっぱいになっている。もう自分に嘘はつけない。エレインは、シスに恋をしていた。

ただし、その恋を成就させたいと思うことは許されない。

彼と友人のふりをして過ごす時間は、何よりも大切だ。今夜は来てくれるだろうか、それとも会えないのだろうか、と期待と孤独に苛《さいな》まれ、会えた夜は幸せだが会えない夜はまくらを涙で濡らし、エレインは初めての恋に夢中になっている。

それでも彼女は、人質としてこの国にいる以上、その先を望んではいけないと自分を律していた。

想うのは自由であっても、心を言葉にしてはいけない。シスにも、きっとそれがわかっているのだ。

けれど、いつか。

エレインが晴れて自由の身となって、ヘリウォード王国へ帰ることを許される日が来たならば。

そのときにこそ、シスに想いを告げられるだろうか。

あなただけが、塔のうえに暮らすわたしの心の拠《よ》り所《どころ》だったのだと――

そんな日を夢見て、エレインは食後の紅茶を飲み終えた。

第二章　うらはらな恋

ホウ、ホウ、と夜の鳥が鳴く。

湯上がりのまだ湿った髪を布で優しく拭きながら、エレインはその声に耳を澄ませた。

けれど、彼女の求める音はそれではない。鳥の声に混ざって、彼が来る物音は聞こえないだろうか。ここ数日、何度も梯子をのぼるシスを待ちわびている。

新皇帝即位の儀式が近づくにつれて、シスが惑わずの塔へ来る夜が減ってきていた。

最後に会ったのは、四日前。

その前は、たしか十日前だった。

――シスはたぶん皇族なのでしょうし、即位の儀式が近いともなれば忙しいのも当然よね。

わかってはいるのだが、彼の訪れだけが楽しみのエレインにとって、シスの来ない夜はひどく長い。

彼が持ってきてくれた書物は、すでに何度も読み返した。ところどころ暗唱できるくらいだ。

新皇帝体制になれば、自分の境涯にも何か変化はあるのだろうか。たとえば、恩赦《おんしゃ》のようなものがあったなら、この塔から外へ出られる日が来るかもしれない。

「……そんな甘い考えは、捨ててしまったほうがいいわ」

エレインは自分に言い聞かせ、寝台に横たわる。長い黒髪が、枕から敷布へと広がった。

実際問題として、いつになったらここから出られるのか、エレインには見当もつかない。ニライヤド帝国へ来てから半年近くが過ぎたけれど、人質生活に終わりは見えない。正しくは、どんな状況になれば自分が解放されるのかがわからなかった。

――武器商人たちがほんとうに反逆軍に手を貸していたのなら、わたしが許される日は来ないでしょうね。

不意に、自分が籠の鳥だということを思い知る。けれど本物の鳥ならば、飼い主が飽きたら逃がしてもらえるのだろう。エレインに同じことは起こり得ない。

それとも、ニライヤド帝国が自分に飽きる日が来るのだろうか。寝返りを打って、虚《むな》しい望みを噛み殺す。

エレインは愛玩動物ではない。

まして、ニライヤド帝国はエレインを飼っているわけでもない。

自分はあくまで人質なのであり、ニライヤドとヘリウォードの関係性を維持するうえで必要な人柱なのだ。

——ヘリウォードの第一王女は、最初からいてもいなくても同じ扱いをされていただなんて、ニライヤド帝国のひとたちは知らないのかしら。

ニライヤドにとっては人質でも、ヘリウォードにとって——否、継母にとっては今回のエレインの境遇は千載一遇の僥倖《ぎょうこう》だったかもしれない。なんら手を汚すことなく、邪魔な前妃の忘れ形見を追い出すことができたのだから。

「……いけないわ。そんなふうに考えては、お継母さまに失礼よね」

それでも、心が歪みかける日だってある。

孤独とは、ほんとうにひとりぼっちなら気づかないでいられるものなのだ。

——シスに出会ったから、彼の来ない夜の寂しさを知った。だからといって、シスと出会わなければ良かっただなんて、わたしには思えない……

彼に会えない夜は長い。

エレインは何度も寝返りを打っては、そのたびに小さくため息をついた。

浅い眠りに落ちたのは、いつごろだったのだろう。

深夜、エレインは誰かのぬくもりを感じて目を覚ました。

誰かなんて、いるはずもない。

ここにいるのは自分だけだ。

わかっているのに、夢現《ゆめうつつ》に自分ではない誰かの体温を感じた気がして目を開ければ、薄闇のなかに金色の柔らかな髪が見える。

「……シス？」

信じられない気持ちで、彼の名を口にした。

「ん…………」

もぞもぞとエレインの体に腕を回し、美しい少年が胸元に頬をすり寄せてくる。

――どうして？　いつの間に？

エレインが寝付くときには、彼の姿はなかった。それだけではなく、シスはいつだって機を見計らったようにやってきていたはずだ。入浴と就寝の隙間にシスが訪れ、ふたりは眠るまでの短い時間を共に過ごしていた。

だが。

今夜の彼は、無防備にエレインの隣に横たわっている。閉じたまぶたには、うっすらと血管が透けて見えた。白い頬、長い睫毛、美しい金髪。何もかもが、彼という存在を形作るものであり、ここにいるのはシス以外の何者でもない。

――いつもは、ここで眠ったことなんてなかったのに。今夜のシスは、ひどく疲れているのね。

目を開けているときよりもあどけない寝顔に、エレインはそっと彼の髪を撫でた。手のひらに、金糸のように繊細な手ざわりが心地よい。

「エ……レイン……」

夢のなかで、彼が自分の名を呼ぶ。

それが嬉しくて、心臓がどくんと大きな音を立てた。

目の前にいる相手を呼ぶのとは意味が違う。今、きっと彼の夢に自分がいるのだ。シスの夢を覗くことができたらどんなにいいだろうか。

「だいじょうぶよ。わたしはここにいるわ」

息の成分が多い、小さな小さな声で彼に囁きかける。子どものようにすがりついてくるシスは、母性本能を疼かせた。

「ん……、嬉しいよ………」

わずかに口角を上げて、彼は次の瞬間、唇を胸に押し当ててくる。

「――……っっ、ん！」

上唇と下唇の隙間に、ちょうど胸の頂点が浅く挟まれた。些細《ささい》な刺激だというのに、一度教えられた悦《よろこ》びがエレインの体のなかで目を覚ます。

──いやだわ、わたしったら。彼は眠っているのだから、わざとしているわけではないのに、こんな……感じてしまうだなんて……

はしたないと思う気持ちと、あの夜のように触れられたい気持ちが交錯して、エレインは喉の奥に力を入れた。

シスの唇が触れているあたりが熱い。寝息がナイトドレスの薄衣《うすぎぬ》越しに肌に当たっているせいだろう。

──疲れている彼を、起こしたりしたくない。

エレインはその気持ちだけで、必死に息を殺す。けれど、心と体はうらはらだ。彼の安眠を守りたいと願う想いとは別に、心臓は大きく鼓動を打ち鳴らし、かすかに食《は》まれた胸の先が硬く凝ってきていた。

呼吸をするたび、彼の唇があえかに動く。それだけで、腰の奥がじわりじわりと熱くなるのを感じた。

腕に力を込めて、互いの体を離すべきか。

あるいは、シスが健やかに眠れるよう今の体勢を維持すべきか。

しばし考えあぐねたエレインだったが、その間にも彼の唇がいたずらに動く。下唇が、エレインの胸の先端を左右にこすって確かめようとしているのだ。

——いけない。このままでは、声が出そう……！

反射的に、体を引いた。

するとどうしたことだろう。眠っているシスが、エレインの胸を追いかけるようにして顔を双丘に押しつけてきたではないか。

「シ、シス、あの……っ」

急激に顔が火照る。

彼は、まるで乳児が母親のおっぱいを求めるように唇を動かした。薄衣越しにきゅんと突き出した先端を見つけると、先ほどまでとは違い、強く吸い付いてくる。

「ぁ、は……っ……」

耳のうしろから、首にかけて甘い痺れが駆け抜けた。敏感な部分を的確にとらえられたのだから、それも仕方あるまい。

——声を我慢しなくては。

そうしていれば。

彼の愛撫を拒まなくてもいい。

エレインは奥歯をきつく噛みしめて、彼の首に両腕をまわした。

ほんとうは、知っているのだ。

こんなふうにシスを想ってしまうことさえ、自分には許されない。彼がどれほど高位な皇族かは知らないけれど、絶対帝国ニライヤドの皇族ならば反逆軍との関係を疑われた国の王女を妃にもらうことは、天と地が逆転したところでありえないだろう。

それに、今の自分は普通ではない環境にいる。自国から連れ出され、見知らぬ他国で閉じ込められているのだ。

——だから、少し優しくしてくれたシスに心を許してしまっただけ。きっと、これはほんとうの恋ではなくて……

けれど、自分に言い聞かせるにはとうに遅かった。エレインの心は、シスを求めて凍えた小鳥のように震えている。彼に触れたくて、彼に触れられたくて、そのぬくもりを欲してしまうのを止められない。

ちゅくちゅくと、シスの唇がいとけない音を立てた。軽く布地に歯を立てて、彼はエレインの胸を味わっている。完全に、夢のなかで。

それでもいい。なんだっていい。

彼の夢のなかでなら、自分はシスに愛されることができるのだ。拒む必要もなく、全身で彼を感じることができるのなら、現実でなかろうとかまわない。

――シスにとってはただの夢でも、わたしにはこれが現実だから。

見上げた先に、白い天蓋布がたゆんでいる。

彼の唇の動きに合わせ、エレインの体がかすかに揺れる。そうすると、その動きが寝台を伝わって天蓋まで届いた。

次第に激しくなる舌戯に、エレインは必死で声をこらえる。

「……っ、ん…………ふ……ぅ、ぅ……っ」

ナイトドレスは彼の唾液で濡れ、肌に張り付いていた。それがいっそう、エレインの官能を煽る。

――こんなこと、知らなかった。

離宮で暮らしていたころのエレインは、恋を夢見ることさえなかったように思う。いつかは、他国に嫁ぐ日が来るかもしれない。あの離宮から外へ出て、夫となるひとに純潔を捧《ささ》げる。

家庭教師は言った。

体を繋《つな》げることは、愛情がなくともできる。その行為は、王女として生まれたエレインの義務なのだ、と。

愛があろうとなかろうと、夫となった相手に仕えること。夫の望むままに、子作りに励むこと。嫁ぎ先で子を成したならば、今度は母として子どもを健やかに育てること――

けれど、現実に肌を弄《まさぐ》られてわかったのは、愛情がないままにこんなことを許せば、屈辱しか感じないだろうということだ。

シスの優しさに、エレインは恋をしている。

それゆえに、彼に触れられるたびに全身が甘く震えてしまうのだ。

――だけど、わたしはシスの花嫁にはなれないんですもの。

わかっているからこそ、今宵ひとたびの夢のなかの逢瀬を楽しみたい。彼はきっと、目が覚めたら忘れてしまう。

それでいい。

否、それがいい。

「――……エレイン」

つい返事をしそうになって、息を呑む。

彼は夢のなかの女性《エレイン》を抱いている。それは、厳密には現実の自分《エレイン》ではない。

しかし――

「エレイン、いつまで僕に寝たふりをさせておくんですか？」

泡沫《うたかた》は儚く終わり、彼の言葉に目を瞠るエレインは動揺に体を強張《こわば》らせた。

「え、えっ……？」

柔らかな金髪が揺らぎ、彼が顔を上げる。

エメラルドグリーンの瞳が、淡く潤《うる》んでいた。それが、彼の情欲《じょうよく》を表しているように見えて、心臓が高鳴る。

「寝ていたのではないの？　今まで、寝たふりをしていたの……？」

恥じらいとときめきの狭間《はざま》で、もう自分が何を思っているのかもわからなくなりそうだ。動揺による涙が目ににじみ、視界がぼやけていく。

「最初は寝ていたんだけど」

彼も彼で、なんとなしに居心地が悪いのだろう。その視線が虚空をさまよって、伏し目がちに言葉を続けた。

「あなたの声が聞こえたあたりで、目が覚めた。そうしたら、あんなことになっていて……当然、やめるべきだとも思った。でも、エレインが気持ちよさそうに僕を抱きしめ返してくれたから、やめたくなくて……」

——ああ、もう消えてしまいたい！

こらえきれなかった嬌声《きょうせい》を、彼は聞いていたのである。眠っていたシスとは違い、エレインは覚醒した状態で愛撫を受け入れた。それが何を意味するか、年若いシスとてわからないはずはなかった。

いっそのこと。

すべては慾望による行動だと意味づけてしまえばいいのだろうか。

エレインがそんな無理なことを考えていたとき、シスが指腹で胸の先を転がす。

「や、あっ……」

「ねえエレイン。教えてください。どうしてあなたは、僕にされるがままになっていたのか」

言えばいい。

あれはただ、気持ちが良かったから快楽に身を任せたまでだ、と。

──シスを好きなわけではなく、わたしは佚楽《いつらく》に弱い淫らな人間なのだと言えば……

いかにおのれを辱める言葉か、知っている。それでも心をごまかすためには、ほかに理由が思いつかない。

「シス、もう……や、やめて……」

か細い声で懇願しても、彼は指先の動きを緩めなかった。それどころか、親指と人差し指で唾液に濡れた布ごとエレインの乳首をこすり立てる。

「い……あ、あっ……、駄目、そんなにしたら……」

隣に寝ていた少年が、エレインの細腰を跨《また》いで馬乗りになった。逃げ道を断たれ、もう彼の与える快楽を享受するよりなくなって、それでもなお「やめて、やめて」と消えそうな声で喘《あえ》ぐ。

「やめてほしいなら、言って」

澄んだ瞳が、まっすぐにエレインを見下ろしていた。そこにわずかな期待が見え隠れする。お互いに、わかっているのだと思っていた。言葉にせずとも惹かれあう、その関係。友だちという形式で手をつないでおきながら、ほのかに募る心を口に出さない関係こそが今のふたりが踏みとどまるべき場所だ。少なくとも、エレインはそう信じていた。

彼は自分を憎からず想っていてくれる。そう信じていなければ、ほかにすがるものは何もない。

逆を言えば、エレインは怖がっていたのだ。

シスがキスをしたことも、体に触れたことも、その後あえてふたりの距離を一定に保っていることも、すべてが恋に似た何かによるものであってほしい。そうでなかったら、彼はただ自分を慾望の対象として認識していることになってしまうから。

「い、言えないわ」

「どうして？」

彼に心惹かれているから、彼を好きだから。

声に出せない想いがある。

「わたしは人質なのよ。惑わずの塔に暮らしているのは、この国がわたしを――ヘリウォード王国を許していないという証《あか》しなの。だから、今のわたしは誰かを好きになる権利もないし、ましてあなたは――」

シスは、皇帝陛下と祖を同じくする血筋の少年に違いない。

そこまで言いかけてから、エレインは「いけない」と口をつぐむ。

これでは、彼を好きだと言っているようなものだった。明言しなければいいというものでもない。彼よりおそらく年長である自分が、踏みとどまらなくてはいけないのだ。

「だったら、僕が言うよ。エレイン、あなたのことが愛《いと》しい。こんなふうに女性を身近に感じるのも、特別な存在だと思うのも初めてのことです。いつか、僕の花嫁になってほしい」

実直で回り道をしない、つまりは駆け引き無用の愛の告白。

シスらしいと同時に、シスが言ってくれる言葉だからこそ意味があると感じられる。ほかの誰かに愛を語られても、今のエレインは受け入れられそうにない。

けれど、それと同時にシスからの告白だからこそ受け入れてはいけないことをエレインは知っていた。

心は彼を求める。彼だけを求めている。

彼の未来を思えばこそ、ここで拒まなくてはいけないという矛盾。

「──それは無理な話ね」

エレインは目をそらし、小さな声で告げた。

彼が息を呑むのが伝わってくる。当然だろう。互いの気持ちは、言葉にしなくともわかりあえている──そう思えるほど、近い距離にいたのだから。

「きっとそれは一時的な感情よ。シスがもっと大人になれば、わたしのことなんて忘れてしまうわ。男のひとは、若いころは年上の女性に憧れるものなんですって」

震え声で話せば、自分の心を偽っているのが知られてしまう。だからエレインは、つとめて冷静に言葉を選んだ。

自分の想いを明かすことなく、彼の気持ちが偽物だと決めつけることでこの話を終えておきたかった。

そうしなければ、シスに嘘をつかなくてはいけなくなる。彼を想っていないと言わなければいけなくなってしまう。

「へえ……？　そういうものなんだ？」

森の奥の湖のように、美しい彼の瞳がこのときはひどく翳《かげ》って見えた。

ぞくりと背筋が冷たくなる。

微笑みを絶やさないシスの、初めて見る昏《くら》い側面。

「エレインはずいぶん詳しいんですね。僕よりお姉さんだから、そういう経験も豊富なのかな」

「そ……れは、その……」

言葉に詰まったのは、彼の目のせいではない。どちらかといえば、昏い目をしたままで微笑んだシスのあまりの美しさに息が止まりそうになったせいだ。

実際、エレインには恋愛の経験など皆無だった。侍女や使用人としか接することのない離宮の日々、そこから連れ出された先は惑わずの塔である。恋をする暇などあるはずがない。

「だったら、僕に教えて。この想いが偽物なのだと、きちんとわかるように教示願いたいね」

エレインは彼の年齢を知らない。

自分より年下だということはわかるけれど、具体的に十五歳なのか十六歳なのか、もしかしたら童顔なだけで十七歳なのか、シスに年齢を問うたことはなかった。

彼はいつだって、質問をうまくかわしてしまうから。否、彼が何歳だろうとこの想いに変わりはないと知っていたから――

「ぁ……っ……、シス、や……っ」

布が裂ける音がした。

ナイトドレスが、胸元から腹部まで縦に引き裂かれる。聖なる少年の面差しのまま、シスは激昂《げっこう》するでもなくエレインの肌をあらわにする。

両手で胸元を隠した彼女の耳元に、そっとシスが唇を寄せた。

吐息が耳朶《じだ》をかすめる。胸の深いところで小鳥がはばたくようなざわめきが起こった。

それは、小さな振動だったかもしれない。

けれど、たしかにエレインの心に漣《さざなみ》を立てる。波紋はいつしか広がって、手の届かないところまで影響は及ぶ。

この恋を、押しとどめることができなくなるその先へと。

「僕の想いを否定するより、あなたは自分をよく知ったほうがいい。ろくに素性も知らない男に押し倒されて、何もかも奪われてもいいのかな」

いつもより低い声が、鼓膜を甘く震わせる。

全身が粟立《あわだ》つ感覚と、彼の声をいつまでも聞いていたいとねだる心。

「……おかしなことを言わないで。わたしはこれでも人質なのよ。この身に何かあれば、ヘリウォード王国とて黙ってては——」

嘘をつくなら、せめて彼を好きではないというよりも、自分が父や継母、そして異母妹や異母弟から愛されているふりをしたかった。偽りであっても、彼を想わないと告げるのは苦しい。

「エレイン、あなたは厄介者の王女さまでしょう。この塔に閉じ込められる前だって、離宮にひとりぼっちで暮らしていたはずだよ」

――どうして、それを……！

目を瞠った彼女に、シスは優しく優しく微笑みかける。けれど、その瞳はまったく笑ってなどいない。感情が冷たく凍りついてしまったかのように、彼の瞳は空虚だった。

「それなのに、僕に犯されたらあなたの王国の民たちが怒るだなんて嘘をつく。いっそ、僕を好きではないと言ったほうが良かったのにね」

「――……す、好きじゃないわ、あなたのことなんて……！」

頬を真っ赤に染め、顔をそむけたところでもう遅い。

シスにだって、当然わかっているのだ。

初めての恋に夢中になっていた、見た目よりもずっと幼い心のエレインを、彼は知っている。

――けれど、どうしてわたしの育ちのことまでシスが知っているの？

人質としての価値など、エレインにはなかった。最初から、家族に見限られていた存在なのだから。

「ずるいですよ、そんなかわいい顔をして。エレイン、僕を好きじゃないと言うなら、もっとすげなくしてください。冷たい目で見てください。こんなときに、いちばんかわいい顔をするなんて、ほんとうにずるい……！」

胸を隠す両手が、強引に寝台へ押しつけられる。空気に触れて、彼の目にさらされて、双丘の頂はどちらも均等にツンと立ち上がっていた。

「好きじゃないと言っているのに、勝手なことをしないで……。わたし、わたしは……」

わたしは、あなたが好き――

ほかの誰も自分に優しくしてくれなかったから、ただシスだけが優しかったから心惹かれたわけではないのだと、エレインはわかっている。彼に恋をしたのは、そういう運命だったとしか思えない。

ただし、想いが報われるかどうかは別の話なのだ。

ニライヤドの皇族としてのシスの未来を思えば、いわくつきのヘリウォードの王女と結婚したところでいいことはない。

――わかっているのに、どうして好きじゃないふりすらうまくできないの？　わたしは、好きなひとの未来のために立ち回ることさえできない。

涙があとからあとからあふれては、眦《まなじり》から耳の上を伝って首のうしろへ流れていく。

好きじゃない。

あなたのことなんて、好きじゃない。

言えば言うほど、シスを好きだと言っているような気がしてくるのはなぜだろう。

「――エレイン」

先ほどまでとは違う、優しい声が名を呼んだ。

シスは、いつもの澄んだまなざしで目を細めている。

「もう強がらなくていいんです。僕があなたより年下だから、不安だった？」

エレインの胸元に顔を埋め、彼は両腕でぎゅっと体を抱きしめてきた。

「し、知らない……っ」

王女らしく振る舞うことを、幼いころから求められて生きてきたエレインだったが、今はまるで子どものように口を尖《とが》らせる。

「シスが年下かどうかなんて、わたしは知らないもの。あなたは年齢だって教えてくれないわ。身分も、どうしてここへ来たのかも、何ひとつ教えてくれなかったのはあなたのほうよ」

しゃくりあげるエレインに、彼が微笑みかけた。

「僕はシス。ただのシスだよ。それだけじゃ駄目かな。年齢くらいは、尋ねられたら言うつもりだったんだけど……」

つまり。

エレインが尋ねたことは答えられないけれど、年齢は隠すつもりがなかったのだと彼は言っている。

――だったら、もっと早く聞いてみればよかったわ。

エレインは涙に濡れた目でシスを見つめた。

ふわりと柔らかな金髪も、白磁の頬も、夢の中でしか見たことのない美しい森の湖を思わせる瞳も、彼を形作るすべて。

そのすべてを、愛しいと思う。

「シスは、何歳なの？」

「じゅうろ……あ、違う。もう日付が変わったから、十七歳だ」

「今日が……あなたのお誕生日なの？」

黙って頷いた彼に、エレインは想いを告げないままで抱きついた。

エレインは今年十九歳になる。二歳下の彼は、この国ではまだ結婚を許されていない。

――たしか、ニライヤドの皇族は、結婚できる歳になる前は婚約もできないはずだわ。

そんな彼女の心に気づいていたのか、シスが同じ強さで抱きしめ返しながら口を開く。

「来年の今日、あなたを迎えにきてもいい？　僕はそれまでに、エレインをここから出す算段を整える。あなたのことしか好きになれない。あなたじゃないと駄目なんだ、エレイン」

彼を好きだと、言葉に出しては一度も言わなかった。

行動に、表情に、すべての想いが表れていたとしても、好きだと告白はしていない。それが

言い訳になるかどうかはわからないが、エレインは自分に問いかける。

――迎えにきてくれるというのなら、喜んで待っていると素直に言ってもいいのではないかしら。好きだと……言っているわけではないんですもの。

だが、結果は同じだ。

彼を好きな気持ちはすでに伝わっていて、意地を張る姿はさぞ滑稽に見えるだろう。それでもシスは、自分を望んでくれる。

ほんのひとさじの不安は、彼の若さである。無論、エレインとて二歳しか違わないのだから、彼をそう子ども扱いはできない。

「エレインは、あまり感情を顔に出さないようにしているけれど、自分で思うより表情豊かな女性ですよ」

唐突にそう言われて、「えっ」と声が出た。

そんなことを言われたのは、生まれて初めてだった。

「だから、もう素直に頷いてください。待っていると言ってくれるだけでいい。僕は勝手に迎えにくる。好きだと……その言葉を口にしてくれるのは、僕の花嫁になったあとでかまわないから」

鼻先を胸にすり寄せて、シスがなんでも知ったふうな顔で笑う。

年下の彼に翻弄されるのは、悪くない。悪くないどころか、彼にならいくらでも翻弄されてしまいたいとさえ思うのだ。

「……エレイン、返事は？」

「はい」

小さな声で、彼女が応える。

ほんとうの想いを告げるときには、声をひそめて。

「ありがとう、エレイン」

そして、シスは彼女の唇に甘いキスを落とす。

約束を交わすには、くちづけひとつでじゅうぶんだった。

「あの、でもね、シス」

さんざんキスを繰り返したあとで、エレインは小さく彼の名を呼ぶ。

視線だけで「なに？」と言葉の続きをうながす美少年に、伏し目がちに戸惑いを打ち明けた。

「新皇帝になられるアレクシス殿下は、わたしたちのことをお許しくださるかしら。わたしの――ヘリウォードのことを、ニライヤドに敵対する国家としてご認識ならば、あなたがわたしを娶ることを快く思われないかもしれないわ」

エレインが言い終えると、シスはなぜか困ったように頭を掻《か》く。

「うーん、それはだいじょうぶだと思うんだけど……」

「なぜ？　絶対帝国の最高権力者となる方なのでしょう？　若くして皇帝の座に就くともなれば、優れているだけではなく冷酷な判断もできる器が求められるはずよ」

アレクシス殿下がどんな人間なのか、エレインはまったく知らなかった。なにせ、つい先日メリルから名前を聞いただけである。

「あなたは、もしかして僕を心配してくれているのかな」

いったんは終わったはずのキスだったが、シスはまた軽く唇を重ねてエレインとひたいを突き合わせた。

「そ、それは……だって、シスが迎えにくると言ってくれたから……」

自分を望むせいで、禍根を生むことは避けたい。特に、それがシスの未来にかかわることならなおさらだ。

「そう。僕はこう見えて、けっこう頑固なんです。皇帝陛下に反対されようと、枢密院に邪魔されようと、一年もあれば絶対に説得してみせる。それだけの自信と覚悟があるよ」

十七歳になったばかりの彼に、根拠を尋ねるほどエレインは野暮《やぼ》ではない。まして、彼の言葉どおりの未来が訪れることを彼女も願っているのだ。

「ただ、ひとつだけ」

そう言って、彼は表情を曇らせる。

「ひとつだけ？」

「そう。あなたにひとつだけ、つらい思いをさせることになる」

これから一年間、惑わずの塔へ来ることはできない――と彼は言った。

「もちろん、その間にあなたを忘れたりはしない。僕はあなたを迎えにくるために、力を蓄えるんだ。実際には、時間を作って会いにくることは不可能ではないと思う。だけど、きっと会ったらもう我慢できない。エレイン、あなたを――抱いてしまいたくなる」

会えなくなると聞いて、心が暗雲にのまれそうになっていたエレインは、シスがうっすらと頬を染めた姿を前に体の奥が疼く気がした。

「だ、抱いてしまいたいって……」

「今だって、ほんとうはこのまま奪ってしまいたいよ。離れている間に、あなたが僕を忘れてしまわぬよう」

「忘れたりしないわ」

そっと彼の左手を両手で握って、エレインは言う。

「わたしは、シスを忘れたりしない。会えないのは寂しいけれど、シスがそうすべきだと決めたのなら受け入れる。だから――一年間、ここであなたを待っています」

「エレイン……！」

どちらからともなく、唇を重ねて。

それは心を重ねることにほかならない、甘い甘い約束のキス。

「次に会うときは、僕の花嫁になるときだ。結婚した暁には、あなたのかわいらしい唇で僕を好きだと言ってもらうからね」

愛しい少年は、そう言って極上の笑みを浮かべた。

◆◆◆

季節はめぐり、あの約束からもう少しで一年が経過しようとしている。

シスは宣言どおり、あれから一度も惑わずの塔へはやってこなかった。無沙汰は無事の便りというが、彼とエレインの関係においては何かあったところで連絡をくれるひとなどいない。

――だって、シスが来てくれないかぎり、わたしたちは連絡をとる方法をなにも持ち合わせていないんですもの。

一年分長くなった黒髪を櫛《くしけず》り、エレインは窓際の椅子に座ってニライヤド宮殿の尖塔を眺めた。

彼と会えない一年間が寂しくなかったとは言わないが、不安だったわけでもない。連絡がとれずとも、シスを信じる気持ちは変わらなかった。

ただ――ひとつだけ、心配しているのはメリルから伝え聞く皇帝の噂である。

昨年即位した新皇帝アレクシスは、予想以上の冷酷非道ぶりだというのだ。

即位直後、皇帝は両親を弑逆した反逆分子を極刑に科した。これは当然といえば当然のことだが、少年皇帝の決断と考えると末恐ろしい。

何せ、絶対帝国ニライヤドの歴史においても、もっとも年若い皇帝だ。メリルの話では、即位直後に集まった帝国民を前にしてにこりともせず、冷たいまなざしを向けたという。その瞳には温情のかけらもなく、慈悲を知らない少年皇帝――というのが、事実かどうかエレインに確かめる術《すべ》はない。

だが、シスが皇帝に直訴してエレインを惑わずの塔から外へ出そうとするならば、必ずや愛しい彼は辛酸を嘗《な》めることになるだろう。

申し訳ない、と思う。

彼ひとりに苦労をさせ、自分はこの塔の上で安穏とした生活を送っている。

せめてシスのために何かできることはないかと、エレインはメリルに、裁縫道具と布を差し入れてもらえないか相談した。

何度か打診したのち、やっと許可が下りたのは二カ月前。今、エレインの居室には、裁縫箱と数枚の布、それにレースが置かれている。

シスはクラヴァットを使わずに、凝った前立てのシャツを着ていることが多かったが、それは彼が若かったせいもあろう。

青年となったのちは、クラヴァットを使うかもしれない。そう考えたエレインは、毎日コツコツとクラヴァットを手縫いしていた。

彼はいつだって仕立ての良い衣服を着ていたから、少しでもシスに似合うよう丁寧な刺繍を施したものばかりだ。

すでに完成したクラヴァットは三種類。

白地に金糸で蔦《つた》模様を刺繍したもの、濃紫に銀糸で薔薇《ばら》模様を刺繍したもの、そして最後の一枚は男性に贈るのにどうかと悩んだけれど白のレースに銀糸で刺繍をしたもの。

シスの金髪を思えば、金糸に徹したほうがいいかもしれないと考えあぐねたけれど、彼の髪は白金に近いほど色素が薄い。あれならば、きっと銀糸の刺繍もよく似合うだろう。

「――……きっと、もうすぐ迎えにきてくれるわ」

自分を励ますように、エレインは小さくつぶやいて立ち上がった。

黒髪は腰まで届くほどに長く、一年前よりもいっそう艶を増している。愛しいひとは、今の自分を見てどう思うだろうか。あのころと変わらないと懐かしんでくれるだろうか。それとも、一年分大人になったエレインを眩しい目で見つめるのだろうか。

――せめて幻滅されないといいのだけど。

それというのも、彼に会えない一年でエレインの体は少し体型に変化があったのである。細い腰や薄い肩はそのままだが、胸が以前より大きくなった。

背が高いこともあって、胸元のあいたドレスを着るとだいぶん大人びて見える。今年で二十歳になることを考えれば、年齢相応ともいえるのだが――


今日こそは、と指折りシスの訪れを待つとある午後。

螺旋階段をのぼる複数の足音が、七階で過ごすエレインの耳に聞こえてきた。

――もしかしたら、シスが……？

彼は、いつだって地下通路から惑わずの塔に入り込み、梯子を使って六階の寝室へやってきていた。なので、螺旋階段から現れたことはなかった。

けれど、皇帝の許可を得てやってきたのなら、話は別だ。人目を忍んで夜にこっそり梯子をのぼる必要もなく、もしかしたら従者を連れてエレインを迎えにきてくれたのかもしれない。

居ても立ってもいられず、エレインは足音が七階に到達するより先に椅子から立ち上がった。

ドレスの裾を軽く手で払い、鏡に映る自分の姿を確認する。

――シスに、会えるんだわ。

自然と頬が紅潮し、心臓が高鳴っている。

このとき、エレインは彼以外が訪れる可能性をまったく考えていなかった。なにしろ、一年間も待ち続けたのである。それは、決して短いとはいえない時間だった。

彼が迎えにきてくれるときだけを夢見て、その瞬間を信じきって、エレインは生きてきた。だから。

無体なノックの音に続き、エレインの返事さえ待たずに兵たちが居室へやってきたとき、彼女がどれだけ絶望したかは筆舌に尽くしがたい。

「ヘリウォード王国第一王女、エレイン・ヘリウォード。皇帝陛下の命により、貴殿をニライヤド宮殿へ連行する」

先頭に立つ、ひときわ豪奢《ごうしゃ》な甲冑の男は見覚えがあった。眉間のしわ、低い声。彼は、前皇帝の甥であり、新皇帝アレクシスの従兄にあたるトバイアスだ。

「皇帝陛下の……ご命令とあらば」

冷酷無比の少年皇帝。

そのひとが、いったい自分になんの用だというのか。

否。

こうなった以上、夢見てばかりはいられない。ニライヤドの皇帝がエレインを呼び出すのなら、その目的はたったひとつ。

――わたしは、今日を限りの命かもしれない……

ニライヤド帝国に来てから、エレインはその地を歩いたことがほとんどない。

なにしろ、連れてこられたその日に惑わずの塔に直行している。馬車を降りて、ほんの十数歩ほど歩いたあとは、塔のなかだった。

春の陽差《ひざ》しが、目に痛い。

鼻先をくすぐる緑の香りに、石畳を歩くエレインはいつも窓から見ていた塔と宮殿の間の森を仰ぐ。

「エレイン王女」

先導するトバイアスが、前を向いたまま名を呼んだ。

「はい」

硬い声で応じるエレインは、すでに生きた心地がしなかった。

これが最後の陽光かもしれない。これが最後のそよ風かもしれない。もう、二度と――シスには会えないのかもしれない。

そう思うと、胸が痛くてたまらなくなる。

何らかの刑に処されることは、ヘリウォード王国を発《た》つときに覚悟していた。あのころの自分は、諦観《ていかん》するばかりで何かを望むことさえなかった。

――シス、あなたに出会えたおかげでわたしは死にたくないと心から願うことができる。

「いったい、どこで皇帝と知り合ったものか聞かせてくれまいか。私が貴国へ行くより以前に、あなたはアレクと親しくしていたのか？」

トバイアスがアレクと呼んだのが、皇帝アレクシスだというのは想像がつく。彼らは従兄弟の関係にあるのだ。親しげな呼び名も不思議ではない。

だが。

トバイアスの言うことが、エレインにはまったく理解できなかった。自分が皇帝陛下と知り合いだなんて、あるはずがないのだ。自国ですら、離宮に隔離されて暮らしていた。王族の集まる催しにも、よほどでない限り招かれない身分だったのである。

つまり、トバイアスの言っていることはエレインにとってまったく心当たりのない話だった。

「わたくしは、こちらへ参るまで一度たりとて国を出たことがありませんでした。皇帝陛下のご尊顔を拝んだこともちろんございません」

あるいは、エレインに覚えがなくとも相手はニライヤドに到着した自分を見て、憎しみを育ててきたのかもしれない。

この一年と半年にわたって、前皇帝夫妻を弑した者たちを憎み続けてきたのならば、その波紋がエレインまで届くのもわかる気がする。

大切なひとの命を理不尽に奪われて、憎悪を抱くのは当然のことだ。

――だけど、シス。わたしがいかなる刑になったとしても、あなたは誰も恨まず憎まず、美しい未来を生きてほしい。

「そんなはずはない。ならば、なぜアレクは――」

言いかけたトバイアスが、憎々しげに唇を噛む。

「陛下がいかがされたのでしょうか？」

「いや、いい。すぐにわかることだ」

それ以降、トバイアスはこちらに気を配ることもなく、石畳を闊歩《かっぽ》した。男性の健脚に遅れず歩くのは、エレインにとって容易ではない。

踏みしめる石畳に、ニライヤドという国を感じながら、彼女はひたすらに歩き続けた。

謁見のための部屋へ通されるものとばかり思っていたが、エレインが連れていかれたのは宮殿地下にある浴場だった。湯攻めの刑というものがあるのかはわからないが、そういった理由を想定し、彼女はきつく目を閉じた。

しかし、予想に反して宮殿に働く侍女たちが現れ、エレインの入浴を手伝ってくれる。

——もしかしたら、ニライヤド帝国には処刑の前に体を清める文化でもあるのかしら。

沈み込む心をかろうじて奮い立たせ、エレインは死にゆく王女に相応の毅然とした態度をとらねばと自分に言い聞かせた。

けれど。

湯上がりには、侍女たちが丁重に髪を乾かし、これまでに見たこともないような宝石をあしらったドレスを着せてくれる。

高襟に真珠とリボンを飾り、腰回りから広がったドレスの裾にかけてキラキラと数え切れない宝石が輝いていた。

意味がわからない。さすがに処刑の前に豪奢な服を着せる理由はなかろう。

さらには髪を結い上げられ、薄く化粧をほどこされ、エレインは陽当《ひあ》たりの良い応接の間に通された。

意匠を凝らした脚が珍しいテーブルと、座り心地の良い長椅子。そこに座って待つように言われ、おとなしく腰を下ろしたエレインだったが、これから何が始まるのかまったく見当もつかない。

奇妙な不安に襲われて、今すぐにここを逃げ出したくなる。だが、入り口扉の両隣には槍を手にした兵が立ち、エレインを興味深いまなざしでぶしつけに眺めてくる。彼らは、自分が脱走するのを防ぐべくここにいるのか。あるいは、分不相応に着飾った姿がよほど滑稽なのか。

居心地の悪い思いをしながら、待つこと五分。

皇帝アレクシスによる呼び出しと聞いていたが、彼が自分をもてなす理由はどこにもない。つまりは、皇帝陛下の名を借りて誰かが自分を呼び出したということもあるかもしれない。皇帝に近い立場の人間か。

だとしたら、いったい誰を待っているのだろう。呼び出しは、なんのために——

そう思ったとき、廊下から数名の足音が響いてきた。

足音に気づいたのはエレインだけではない。扉の両側に立つ兵ふたりは、機敏な動作で両開きの扉を開ける。

そして、そこに現れたのは——

「エレイン、やっと会えたね」

「……シ、シス⁉」

記憶のなかの彼より、背がぐんと高くなっているし、声も低くなっている。それに、顔立ちも大人びて、体つきも大人の男性らしく胸板が厚く肩が張って——けれど、まぎれもないエレインの愛したシスが、そこにいるのだ。

長椅子から立ち上がり、エレインは信じられない思いで彼のもとへ駆け寄る。

これは夢ではないのか。

こんな現実がありうるのか。

皇帝陛下は、シスと自分の結婚を許してくれたというのか。

——だから、皇帝陛下はご自身の名でわたしを宮殿へ呼び出してくださったの？

考えたところで答えはわからない。それに、理由なんてどうでもよかった。今のエレインは彼に会えたというそのことがただ嬉しくて。

エレインは目の前に立つ彼に見惚《みと》れていた。

青年と呼んで差し支えないほどに、彼は大人びた。それでも目元や口元、優しい表情に少年の面影が色濃く残っている。

かつてはエレインのほうがやや長身だったのに、この一年で彼はずいぶんと背が伸びたらしかった。頭ひとつ高いシスを見上げて、エレインは今なおこの現実を信じきれずにいる。

——もしかしたら、わたしは夢を見ているのではないかしら。

だが、夢でもいい。

夢でいいから、彼に会いたいとこの一年間、何度も願った。

彼に会えただけで、今は幸せなのである。

「エレイン、今日はあなたに大事な話があるんだ。あなたはニライヤド帝国皇帝の妃になることを、枢密院に認められたんだよ」

だが。

久々に会う愛しいひとは、和《なご》やかな笑顔で残酷なことを口にした。

「……皇帝陛下の……妃……？」

彼の言葉を繰り返してみたが、それはあまりに現実味のないものだった。

絶対帝国ニライヤドの皇帝陛下、つまりは皇帝アレクシスの妃ということである。つい先ほどまで惑わずの塔に幽閉されていた自分が、なにゆえ皇妃になど選ばれるというのか。

もし。

今、ここにシスと自分のふたりきりだったなら、エレインは迷うことなく「いやよ！」と言うことができた。

——シスは、わたしをお嫁さんにすると言っていたのに、どうして皇帝陛下と結婚しろだなんて言うの？　約束を忘れてしまったの？

そう言って、彼の胸にすがりついたかもしれない。実際、心のなかではそれに似た思いが渦を巻いている。

けれど、彼女はそうしなかった。

信じた相手が、皆のまえで約束を反故《ほご》にする発言をした。つまりは、シスが逆らえないほどの大きな力が後押ししている事態の可能性がある。

エレインは皇帝陛下と面識などまったくないが、相手が政治的な理由で自分を娶《めと》ると決めたということも――

「ヘリウォード王国第一王女として、お申し出、謹《つつし》んでお受けいたします」

だから、エレインはドレスの裾を左右の手でつまみ、片膝を曲げて深く頭《こうべ》を垂れたのだ。

シスのためならば、望まぬ相手との結婚も受け入れる。否、もともと自分は王女という立場上、結婚相手を選ぶ自由など持ち合わせていなかったのだから。

――だいじょうぶ。わたしなら平気よ。

そんな想いを込めて、顔を上げるとシスに微笑みかける。よほど無様な笑顔だったのか、こちらを一瞥《いちべつ》した彼は眉根を寄せた。

「おめでとうございます、エレイン王女。我々は貴殿を皇妃としてお迎えでき、心より嬉しく思います。今後も、ニライヤドとヘリウォードの変わらぬ安寧を祈って」

数秒の奇妙な沈黙を破ったのは、トバイアスの低く大きな声。それに次いで、シスのあとをついてきた兵たちがエレインに拍手を送る。それでもまだ、形容しがたい表情を浮かべていたシスだったが、何かを吹っ切るように突然笑顔になった。

「では、今夜からエレインが過ごす居室に案内させよう。あなたの侍女のメリルが、朝から準備に動いているから何も心配することはないよ」

「ありがとう、シ……ありがとうございます」

シス、と呼びかけそうになって、エレインは唇を噛む。彼は、エレインの知る『ただのシス』ではない。若き皇族のひとり、皇帝陛下の覚えも明るい存在に違いないのだ。

こうして、エレインの儚くも美しい初恋は終わった――はずだった。

◆　◆　◆

国が違うということは、文化が異なるということだ。

エレインが案内された新しい彼女の部屋は、ヘリウォードでは見たことのない織物が床に敷かれていた。どこかエキゾチックな蔦模様が描かれた敷物は、織りの技術も目新しければその色合いも独特だ。

居室と寝室、それに浴槽を置いた浴室が備えられ、衣裳《いしょう》部屋までついた豪奢な造りに、エレインは目を瞠る。

これが、皇妃になるということなのだろう。

今までも王女として生きてきたが、それとは格が違っていた。文化の違いだけではなく、自分に与えられた肩書が変わるということは、こういうことなのだ。

「エレインさま、お召し替えをなさいますか？」

ヘリウォード王国から共に来ているメリルは、エレインを取り囲む環境の変化に動じることなく、いつもどおりに感情の読めない声で話しかけてくる。

「ええ……、いえ、いいわ。今からどなたかにお会いするわけでもないんですもの。それに、まだわたしは何者でもないのよ」

皇帝陛下に嫁ぐからには、おそらく正式な儀式をもって結婚が成立する。ならば、今の時点でエレインは皇妃予定者というだけの立場だ。無論、ヘリウォード王国の第一王女であることも変わりない。

「少しひとりにしてもらってもいいかしら。急なことだったから、気持ちがまだ落ち着かないの」

エレインがそう言うと、メリルは神妙な面持ちで頷いて居室を辞す。

無理もない。

自身にはなんの咎もなく、それでも国のために人質として幽閉される日々を一年半も過ごしてきたエレインが、突如として皇帝の妃になるよう命じられたのだ。長年仕える侍女にすれば、主の精神面を心配するのも当然である。

そういうときに、黙ってエレインに考える時間を与えてくれる。メリルはよくできた侍女だ。

だが、エレインにとっては驚きだけではなく、悲しみに満ちた婚儀となるのは目に見えている。

たったひとつ。

すがる思いで待ち望んだ約束が、反故《ほご》になった。エレインとて泣いて喚《わめ》いて逃げ出したい気持ちは当然ある。

――……けれど、そんなことをすればきっと、シスに迷惑をかけるだけだもの。

ひとり残された豪奢な室内で、所在なさげに彼女は天井を見上げた。そこで初めて、天井画の存在に気がつく。

大陸に伝わる聖女アメリアの伝説を描いたものだ。白いベールをかぶった聖女アメリアが、右手に命の天秤《てんびん》を下げ、左手に生まれたばかりの赤子を抱いている。

「なんて神々しい……」

エレインは天を仰いだまま、その場に膝をついた。見れば、聖女の腕に抱かれた赤子は美しい金髪で、その姿にかつてのシスが重なった。

知らぬうちに、エレインは両手を胸の前で組んでいた。そして、目を閉じて一心に彼の幸福を祈る。

——聖女アメリアよ。我が身は自国とニライヤドの平和のためならば、どうなってもかまいません。どうか、どうかシスが幸せでありますように。わたしのことを忘れ、彼が健やかな未来を生きていけますように……

伏せた長い睫毛が、白い頬に影を落とした。

ゆるやかに、ニライヤド帝国を夕闇が包んでいく。

窓の外、空に星が輝くころまで、エレインは大切な彼のために祈りつづけた。

燭台の明かりを灯《とも》しに戻ってきたメリルのノックで、やっと床から立ち上がる。壁際に置かれた猫脚の鏡台で自分の顔を確認し、エレインは侍女を招き入れた。

いつもと同じく、速やかに仕事をこなしていくメリルだったが、部屋中の燭台を灯したあと、彼女は入り口扉の前に立ってエレインを見つめる。

「エレインさま」

「どうかして？」

澄ました顔で問いかけるのは、自分があまり深刻に振る舞っていたら侍女が心配するかもしれないからだ。

「恐れながらお尋ねいたします。この結婚、エレインさまはご納得していらっしゃいますか？」

薄い仮面は、真実を突く質問に脆《もろ》くも崩れそうになる。エレインは懸命に微笑みを取り繕った。

「まあ、メリルったら。皇帝陛下に望まれるだなんて、感謝こそすれ拒む理由はないわ。それに、わたしがニライヤドとヘリウォードの架け橋になれるのなら、この縁談に異議を唱えるなんてできるわけが……」

偽りの心が、真実の涙を促す。

エレインの白い頬を、つうとひと筋、透明な雫《しずく》が滴った。

「……し、仕方がないのよ。ヘリウォードの武器商人が前皇帝夫妻を弑した一団と関わっていたのですもの。無罪放免とならないのは、わたしだってわかっていたわ。それが、皇妃に迎えてくださるというのだから、嫌だなんて……嫌だなんて、そんなことを言えるわけがないの」

立ち尽くす王女のそばに、メリルがそっと寄ってくる。聡明《そうめい》な侍女は、エレインの手に鍵束をひとつ握らせた。

「メリル……？」

「これは、北門の鍵でございます。深夜になると、裏手にある北門は見張りが甘くなるそうです」

これを使って逃げよとは明言しないまでも、メリルの言葉からは決して許されない彼女の思いが伝わってくる。

「でも、そんなことをしたらお父さまやお継母さまが……」

「エレインさま」

涙に濡れた青い瞳を瞬《しばた》かせるエレインに、メリルが黙って頷いてみせた。

「エレインさまは、今までずっと耐えていらっしゃいました。ヘリウォードにいらっしゃる間も、そしてニライヤドへ来てからも。これ以上の苦難から逃げたところで、誰がエレインさまを責めることができましょう」

——そんなふうに、思っていてくれたの？

冷酷なわけではないが、決して必要以上に情をかけない侍女が、自分を心配していてくれた。それどころか、逃げる算段まで。

「ですが、宮殿を出てエレインさまがおひとりで生きていけるかどうかは、メリルにはわかりません。そちらのほうがよほどつらく苦しいことになるやもしれません。よくお考えくださいませ」

「……ありがとう、メリル」

細い指で、鍵束をぎゅっと握りしめる。

無論、今すぐに逃げ出す決断はできない。メリルの言うとおり、エレインには宮殿を出たその先、ひとりで生きていくだけのちからはないのだ。

——ここを出ていけば、シスとも二度と会えなくなる。

望まぬ相手の妻となり、愛しい彼を遠目に見つめる悲しい幸福を選ぶか。はたまた、誰の手に身を委ねることなく、淡い初恋を置き去りに逃げ出すか。

考え込んだエレインを残し、メリルはそれ以上何も言わずに部屋を出ていった。

夕食と入浴を終え、ナイトドレスに着替えたエレインは寝室の寝台に腰を下ろし、手にした鍵束をじっと見つめている。

頭では、ここに留まるべきだとわかっているのに、提示された外の世界を諦めることが難しい。

もしも。

この宮殿を出て、自分がひとりで生きていくことができるのなら、そのときにはシスを想っていることが許されるのだろうか。

世間知らずで温室育ちの王女が、二十歳を目前にして市井に飛び込み、おのれの力で生きていくなど並大抵のことでないのはわかっている。

それでも、彼を想っていられるのなら――

エレインの心は、ひどく揺らいでいた。

ここにいさえすれば、彼を遠くから見つめることはできる。ただ、残忍酷薄と噂される皇帝に抱かれることは免れない。

シスが触れたこの体を、ほかの誰かに許すだなんて考えただけで鳥肌が立つ。だが、もとより結婚の自由など持ち合わせていないのだ。人質になっていなくとも、エレインはヘリウォード王国のために政略結婚をする未来を知っていた。

「……シスと出会って、彼を好きになって、わたしは夢を見てしまったのね」

愚かな夢だとしても、それはエレインの支えだった。彼がいてくれたから、惑わずの塔での孤独な日々に耐えてこられたのである。

――決めた。

エレインは、両手で鍵束を抱きしめて下唇を噛んだ。

どれほど空に憧れたとしても、人間は地上で生きていかなくてはいけない。伸ばした手が届かないから空を諦めるのではなく、自分の足が踏みしめている世界で前に進むしかないのだ。

ならば。

この鍵は、自分には無用の長物。

これほどまでに、自分を慮《おもんぱか》ってくれたメリルの気持ちが嬉しかった。その気持ちだけでじゅうぶんだ。自分は、幸せな王女だ。

白地のナイトドレスに、銀糸の刺繍を施したガウンを羽織ったエレインは、明朝メリルに鍵束を返すことを決心し、ゆっくりと立ち上がる。

壁に作り付けられた枝付き燭台が、ほのかな蠟燭《ろうそく》の炎を揺らしている。

腰ほどの高さの丸いテーブルに、手にしていた鍵束を置こうとしたそのとき。

廊下に通じる扉を、誰かがノックする音が聞こえてきた。

――こんな夜更けに、いったい誰が……？

疑問とともに浮かぶのは、この宮殿にいるだろう彼の姿だ。

「エレイン、まだ起きている？」

そして、返事もできずに硬直しているエレインの耳に間違えようのないシスの声が聞こえてきた。

「起きているわ」

答える声が震えている。それはきっと、彼の声が記憶のなかより少し低くなっているせいだ。

よく知る声であるにもかかわらず、知らない大人の男の声。

彼女の返事を聞いたシスは、おもむろに扉を開けた。あのころと同じく、彼は寝間着ではなく昼服のフロックコート姿で、エレインの寝室へやってくる。違うのは、寝台の下から突如現れるのではなく、扉をノックしてから入室しているということ。

そして。

自分が、皇帝陛下と結婚しなければいけない身であるということ――

「こんばんは、シス」

けれど、エレインは一年前と同じようにシスを出迎えた。

あのころとは違うと知っているからこそ、同じままに彼と向き合える機会を大切にしたいと思ったのである。

それが、許されるかどうかは別として。

微笑んだエレインに、彼が少し面食らうのがわかった。きっと、シスもふたりの関係性が変わってしまったことを自覚している。

「あなたの笑顔は、あのころと変わらないんだね。いや、あのころより髪が伸びた。それに、さらに美しくなった」

後ろ手に扉を閉めると、シスはエレインのそばまで歩いてきて、艶やかな黒髪をひと房指で梳く。

「シスのほうこそ、ずいぶん変わったわ。背が伸びて、顔立ちも精悍《せいかん》になって、それに声も……」

テーブルに置くつもりだった鍵束が、手のなかでカチャリと小さな音を立てる。

「外見が変わっても、肩書が変わっても、僕は僕だよ。ただのシスだ」

そう言う彼の瞳は、わずかな痛みを堪えているようにも見えた。伏せた金色の睫毛が、美しい瞳に翳りを落とす。

「わたしも、今はただのエレインだわ」

「今は？」

近い将来、この国の皇妃となるその日まで、エレインの心はエレインだけのものだ。

その先のことは、まだ考えたくない。

「ええ、今は」

気丈に振る舞っていても、指先は冷たくなっていく。手のなかの鍵を握っていることもままならなくなりそうだ。力がうまく入らない。

「ねえ、エレイン。あなたは、すんなりと皇妃となることを受け入れたけれど、もしかしたら以前から知っていたのかい？」

黒髪を指に絡める、ほんのささやかな束縛。シスは、少しだけ寂しそうにエレインを見つめていた。

あのころは、エレインのほうが目線が高かった。けれど、今は違う。この一年でずいぶん背が伸びたシスは、彼女を見下ろしている。

「以前から……？　いいえ、知るはずがないわ。皇帝陛下とは面識もないのですもの」

だが、どんな理由にせよ、皇帝が自分を望んでいるのだ。ならばエレインは受け入れる以外に道がない。

彼女の返答に、シスの表情が一瞬和らいだ。

しかし、次の瞬間。

彼はまた、怪訝《けげん》そうにエメラルドグリーンの瞳を揺らした。

「だったら、なぜ？　僕は、あなたを迎えに行くと約束したはずだよ。それなのに、皇帝の妻になるだなんて、エレインは権力に魅せられたわけじゃないだろう？」

声だけではなく、口調もまた大人びて、シスはエレインの知る彼のままではないのだと実感させる。

あのころの、敬語混じりの話し方が懐かしい。それと同時に、今の彼も魅力的だから困ってしまう。

「……そんなこと、話したって仕方がないわ。それより、シス、覚えている？　あなたったら、生のマルメロを齧《かじ》ったことがあったわね。果実酒にするとおいしいんだから、生で食べてもおいしいはずだ、って……」

どれほど外見が変わっても、あのころのままのまっすぐな瞳から逃れようと、エレインはさっと目をそらした。

無邪気だった、あのころのふたり。

もう戻れないからこそ、ひとは思い出を語りたがるのかもしれない。

「そんなこと？　何を言っているんだ、エレイン。僕との約束を反故にして、ほかの男に嫁ぐとあなたは言っているんだよ？」

約束を反故にしたというのならば、先に裏切ったのはシスのほうではないか。

口に出せない思いを胸に、エレインは力なく首を横に振る。

何か言わなくてはと思うのに、口を開いたら泣いてしまいそうだった。

「それとも、相手は誰でも良かった？　あなたをあの塔から出してくれるなら、僕でなくても良かったのかな？」

口元に笑みをたたえているというのに、シスの瞳はまったく笑ってなどいない。それどころか、憎悪とも情熱ともはかりかねる炎のような感情が揺れている。

指に絡めていただけの黒髪を、大きな手でシスがぎゅっと握った。

「……っ、痛いわ、シス」

「これよりももっと痛いことを、僕たちは今夜するんだよ。エレイン、僕は約束を果たしに来た。今宵、あなたを抱くためにやってきたのだから」

信じられない言葉に、エレインは顔を上げる。

自分に皇帝の妃となれと言ったその口が、今度は純潔を奪うと宣言しているのだ。

「何を……言っているの、シス。そんなこと、許されるはずがないわ」

だが、逃げようと一歩下がったエレインを追って、シスもまた一歩前進してくる。

「言ったはずだ。僕は、何をしても許される立場にある」

たしかに、かつての彼はそう言った。

若き皇族ならば、宮殿で自由に振る舞えるのは当然のこと。けれどひと夜の遊びの相手として、皇妃になる予定の女性は相応しくない。

「駄目よ。そんなこと、できないわ」

「あなたができなくてもかまわないよ。僕は、あなたを抱く。約束を果たすために、この一年、僕はずっと努力してきたのだから……」

間を詰めたシスは、エレインの白い頬に指先で触れた。当時はアンバランスに見えた大きな手が、今の彼にはしっくりくる。

「だって、わたしは皇帝陛下に嫁ぐと決まったのでしょう？　それなのに、あなたがそんなことをしたら……」

「皇妃になれなくなる？　純潔を失ったあなたを、冷酷無比な皇帝は許さないかもしれないね。ひどくいやらしいお仕置きで罰するかもしれない。ああ、それともエレインは、そういうのが好きなのかな」

真顔で残酷な言葉を選ぶ彼は、決して冗談を言っているようには見えなかった。だからこそ、エレインの膝は震えてしまう。

彼に触れられた夜のことを、思い出さない日はなかった。

あの悦びの先に、夫婦だけが許される佚楽が待っている。彼を受け入れて、彼の情慾を受け止めて、自分のすべてを彼に奪われてしまいたい。

——それは、許されないことだと知っているでしょう？

花嫁の条件は、各国様々だ。しかし、身分の高い男性ほど、純潔の花嫁を娶ることを当然としている。それはこの大陸内のどの国でも共通だと聞いていた。ほかの条件と違い、純潔だけは絶対なのである。

絶対帝国ニライヤドの皇帝が、無垢でない花嫁を迎えて黙っているとは考えにくい。もしも今夜、シスに抱かれてしまったら――エレインは、初夜の寝台で不実を疑われる。そればかりか、ヘリウォードとニライヤドの関係が悪化する可能性とてある。

何よりも、シスの立場はどうなるのだろうか。

――皇妃となる予定の女性に、皇帝よりも先に手を付けたと知れれば、なんのお咎めもなしというわけにはいかないはず……

戸惑いと不安、そして隠しきれないわずかな期待に自分の体を両腕で抱きしめて、エレインはきつく目を閉じる。

「……何も言ってくれないんだね。それとも、図星だから黙っているのか。それなら、僕は遠慮なんかしない」

彼女の沈黙を曲解し、シスがエレインを抱きしめた。

「っっ……、や、駄目よ、シス……！」

「何度も言わせないで。僕を咎めるものも、僕を拒めるものも、この国にはいない」

「だけど、わたしは皇帝陛下に……」

断ることなど許されない、決定事項。

エレインとて、自分で結婚相手を選ぶ権利があったなら、愛しいシスの手を取っている。たとえどんな権力者が求婚してきたとしても、見向きすることなどない。

彼だけが、自分を救ってくれた。

孤独の淵《ふち》に震えていたエレインを笑わせてくれたのは、シスだったのだから――

「あなたに罪を背負わせることはできないわ。シス、皇帝陛下のお言葉はこの国の絶対でしょう？」

「ああ、そんなことを心配していたんだ？」

深刻なエレインの言葉に対し、彼はにっこりと微笑んだ。

「皇帝陛下と結婚できるなら、僕との約束を反故にしてもいいと思ったのではなく、エレインは僕を守るために縁談を受けた。そうだね？」

「……そうだとしても、あなたに捧げられるものはもう何もないの」

うつむいた視線の先、手にした鍵束がしゃらりと揺れる。

「だったら、何も心配はいらない。僕に抱かれたあなたを責める者も、あなたの純潔を散らした僕のことを責める者も、この国にはいないのだから」

意味がわからず、思わず目を瞠る。

顔を上げたエレインは、黙っていとしいひとの真意を探るように彼を見つめた。

彼は、皇帝を敵に回しても安泰な立場にいると言うつもりだろうか。そう思った矢先、

「僕こそが皇帝アレクシスだ」

信じられない彼の言葉に、エレインは呼吸さえも忘れかける。

若き皇帝アレクシス。冷酷無比な、絶対帝国の皇帝陛下。

それは、エレインの知るシスとはあまりにかけ離れていた。

「嘘……、だって、そんな……」

彼が、エレインの愛したシスだなんて、彼女が知るはずもなかった。

「だから、もう心配はいらないよ。あなたは皇帝の――僕の花嫁としてここにいる」

美しいエメラルドの瞳に、自分だけが映されている。

シスは微笑んで、エレインの唇に自分の唇を重ねた。

第三章　愛されすぎた花嫁

——シスが、皇帝陛下だなんて！

当惑のままに、エレインが目をぱちくりさせていると、それをいいことにシスは彼女を抱き上げてしまう。

「シ、シス、何を……」

知らぬうちに進んでいく事態に対応しきれず、非難の声をあげた彼女だったが次の瞬間には寝台に押し倒されていた。

長い黒髪が、白い敷布にさあっと広がる。それを慈しむように、シスは彼女の細腰を跨いで微笑みかける。

「ねえ、エレイン。僕は今、とても怒っているんだよ。あなたは僕が皇帝と知らぬまま、皇妃になることを皆のまえで受け入れた。つまりは、この僕との約束を堂々と破ってくれたわけだ」

だが、言葉では怒っていると言いながら、先ほどまでと違い、彼は心底嬉しそうに目を細めていた。

何せ、結婚を約束していた相手こそが皇帝アレクシスだったというのだから、シスとの約束を破っていても最終的に同じことである。

「それは………」

続きを口にできないのは、彼の言うことが事実だと知っているから。

たしかにシスのために、アレクシスとの結婚を受け入れた。ふたりが同一人物だったからこそ、結果論から言えば約束は守られる。だが、その事実を知らなかったエレインは、シスを裏切ることを許容したのである。

——言えない。やっぱり言えないわ。

言いかけた言葉を飲み込んで、エレインはつと視線をそらした。

彼の未来を思えばこそ身を引いただなんて、今さら言っても言い訳にしか聞こえない。そのうえ、十八歳の彼にとっては重荷でしかないことかもしれない。勝手な自己犠牲を愛と呼ぶのは、犠牲を払う側のエゴだと、エレインは知っている。

「約束を破ったあなたであっても、僕の気持ちは変わらないよ。今からエレインを僕のものにするのだと思うと、身も心も高揚してならないのだからね。この一年間——いや、あなたと出会ってから、僕はずっとこうしてエレインに触れたかった……」

切実な声に、エレインの心も震える。

爪の先まで手入れの行き届いた美しい手が、ナイトドレスのうえからふっくらとした女性らしい胸元をたどっていく。膨らみをかすめる指先に、肩がびくっと震えた。

「もっと早くにあなたを抱くことだってできたけれど、皇帝として国の決まりごとを曲げるわけにはいかなくてね。僕は、十八歳の誕生日にエレインを妃に迎えることを周囲に納得させるため、奔走してきたんだ。それなのに、あなたというひとはなんて残酷なんだろう」

彼の指先が、仰向《あおむ》けになっても形よく天を指す胸の輪郭をたしかめては、ゆっくりとその中心へ近づいていく。どこに触れようとしているのか、わからないと言えるほどエレインは無垢ではない。

「シス、だけど、こんな……」

心臓が早鐘を打つ。

あの日、あの夜、彼に触れられた記憶が、体の奥で甘く蘇ってきた。

感じやすい部分を指で捏《こ》ねられ、甘くくちづけられ、そして舌先で翻弄される。それは初めて知った肉体の悦びだった。

「約束したはずだよ。僕の花嫁になった暁《あかつき》には、好きだと言ってもらう。さあ、エレイン。今からあなたはニライヤド皇帝の妻となる。僕のすべてを受け入れて、僕だけのものになって……そして、僕に愛を告白してくれるね？」

ナイトドレスの胸元に結ばれていた細いリボンがほどかれると、薄衣が左右にくつろげられる。すでに期待で甘く充血したふたつの果実がシスの目にさらされ、エレインは恥ずかしさに息を呑んだ。

――待って、まだ追いつけない。シスが皇帝陛下だというのなら、このまま抱かれてもいいの？　けれど、婚儀のまえに純潔を散らしてしまっては……

自分を押しとどめようとしているのか、あるいは彼を押しとどめようとしているのか。

エレインは無意識に、両手でシスの肩を押し返そうとした。

けれど、一年前より逞《たくま》しくなった彼の体は、エレインの細腕に抵抗されたところでびくともしない。それどころか、両方の手首をつかんで寝台に押しつけると、強引に唇を貪る。

「ん、ぅ……っ……」

触れるだけのキスではない。まるでエレインを食べてしまうのではないかと思えるほど、シスは口を大きく開けて唇を食《は》む。舌先で下唇をなぞっては、口腔へ入り込もうと歯列をノックした。

そのとき。

エレインの左手に握られていた鍵束が、大きな音を立てて床に落ちる。

「……それは何？　どこの鍵だ？」

顔を上げ、体を起こしたシスは、寝台の脇に落ちた鍵束を見つめて眉をひそめた。

「そ、それは、その……」

エレインを逃がすため、メリルがこっそり持ってきてくれたものである。しかし、北門の鍵束を自由にできる侍女がいるとは考えにくい。メリルは、おそらく鍵を盗んできたのだ。

――言えば、メリルを窮地《きゆうち》に陥らせることになる。

そう思ったエレインは、鍵束について何も説明できなくなった。

手を伸ばして鍵束をつかんだシスが、しばしの沈黙ののちに口を開く。

「これは、城門の鍵だね。あなたは、逃げようとしていたのかな？」

察しのいい彼に、エレインは目をそらすしかできることがない。視線だけ逃げたところで、押し倒された体がそのままではなんの意味もないというのに。

「ああ、それとも、僕へのご褒美の鍵かもしれないね。いとしいあなたの心の扉を開ける鍵だったらいいんだけど」

ふっと相好を崩したシスが、手にしていた鍵を持ち上げてこちらを見下ろす。

「それは……違うの、わたし、お返しするつもりで……」

エレインの声は、初めて彼に会ったときのように小さく震えていた。

一年前、愛した彼と同じ人物だとわかっている。しかし、目の前のシスはあまりに大人になりすぎているのだ。かつては少年と呼ぶに相応《ふさわ》しかった彼が、この一年で立派な青年に変わっている。

「聞こえないよ、エレイン」

微笑んだままでそう言って、彼は表情を変えることなく手首をひゅっと返した。そのわずかな動きで、彼の手にあった鍵束が居室につながる扉近くまで飛んでいく。

「あなたは、僕の花嫁となって愛を告白してくれる約束だというのにね。僕ではない皇帝陛下との結婚を承諾してみたり、それは僕を守るためだと思わせてみたり、実際にはひそかに逃げる算段を整えていたり――まったく、ずいぶんな花嫁じゃないか」

床に落ちた鍵束、ほのかな明かりの灯る燭台、そしてこの上ない美しい笑みを浮かべて自分を見つめている年下の皇帝陛下。

頭のどこかで警鐘が鳴っている。

このまま、彼の激情に流されてしまいたい。だが、それでほんとうにいいのだろうか。

枕に広がる黒髪を、シスがひと房すくい上げる。伸びた髪にくちづけて、彼は睫毛を伏せた。

金色の長い睫毛が、頬にうっすらと影を落とす――その神々しいまでの美しさに、エレインは息を呑んだ。

「――……いたの」

緊張に胸が張り詰め、息が苦しい。一年前、彼と過ごした日々のように、はっきり声を出すことができなくなっている。

――シスがいてくれたから、わたしは笑うことができた。どんなに制限された世界にいても、彼のことを思うと心は自由だった。だから……

彼に届く声で伝えたい。

エレインは息を吸って、ゆっくりと彼を見上げる。

「惑わずの塔で、いつもあなたが来てくれるのを待っていたの。あなただけを……」

震える指先を、そっと彼の頬に伸ばした。かつて、同じようにシスに触れたことがある。あのとき、彼はなんと言っただろうか。

『あなたはわかっていて僕に触れているわけじゃない……よね？』

それは、互いが男と女であることを自覚していなかったエレインに対する、確認の意味を込めた言葉だった。

何もわからず、恋も知らず、ただ彼に触れたいと願ったエレインに、シスは戸惑っていたに違いない。

「エレイン……？」

薄く目を開け、彼がエメラルドの瞳にエレインを映し出す。

この瞳のなかが、自分の居場所ならどれほどいいだろうと、エレインは夢見てきた。離宮でもなければ塔でもない。彼の瞳のなかにだけ存在していたい。

「わかっていて、触れている……触れています、陛下」

あのころとは違う。彼は皇帝陛下となり、『ただのシス』ではいられなくなった。だから自分も、シスに対して敬意を払わなくてはいけない。

ふたりが夫婦となることを、ニライヤド帝国が認めたのだと彼は言った。枢密院の許可も下りている。ならば、夫となる相手に抱かれたとしても問題はない。

──言わなくては、好きだと伝えなくては……

逸《はや》る心が、鼓動を速める。胸から飛び出しそうな心音を感じながら、エレインはか弱く微笑んだ。

「ああ、エレイン！」

だが。

シスは苦しげに彼女の名を呼ぶと、何かを振り切るように体を起こす。触れ合っていた体温が遠ざかり、エレインは小さくまばたきをした。

こちらに背を向けて立つシスが、おのれを戒める素振りで自身の両肘を強くつかむ。骨ばった大きな手は、あのころと変わっていなかった。

「……わかっているなんて絶対嘘だ。いや、わかっているつもりにはなっているのかもしれないけれど、僕がしたいことの全貌を知ったら、エレインはショックで倒れてしまうかもしれないし……そうなったらそうなったで、やりたいようにすることは可能だけど、けれども――」

突如、ぶつぶつとひとり言を口にする彼の背を見つめて、エレインはゆっくり体を起こす。

――シス……？

会わない間に、後ろ姿は別人のようになった。顔を見れば、声を聞けば、エレインのよく知るシスに変わりない。けれどその背中は、見知らぬ大人の男性だ。

広くなった肩、以前よりも厚くなった胸板、背中。そして、豪奢な金髪がふわりと揺らぐ。

――わたしが、わかっていないと思って心配してくれているの？

彼の言葉の端々から、そうとしか考えられない思いが伝わってくる。だが、エレインは離宮に隔離されていたとはいえ、一国の王女である。国のために嫁ぐことが決まっていたからには、夫婦となった暁にする行為を教わっていた。

しかし、知識として知っていることと、実践することはまったく違う。何しろ、殿方のとある器官を自身の脚の間に受け入れると言われたところで、その『とある器官』がどのようなものなのかは知らないのだから。

唐突に、彼が振り向く。

白い頬は薄赤く染まり、瞳がわずかに潤んでいた。

「エレイン、僕はきみを抱くつもりだと言ったけれど、それはただ抱きしめるだけではないとほんとうにわかっているのかい？」

確認の問いかけに、彼女は黙して目を伏せる。

改めて問われれば、エレインとて妙齢の女性だ。恥じらいなしに返答は難しい。

「……はい。家庭教師から、聞いていています」

冷酷無比な若き皇帝。

人々がそう、シスを呼んでいるだなんて嘘のようだ。何かの間違いではないだろうか。でなければ、きっとシスが頬を赤らめただけでこれほどかわいらしい表情になることを、民たちは知らないのだ。

エレインはこっそりと視線だけを上げて、彼の顔を盗み見る。

記憶のなかよりだいぶ大人びたというのに、戸惑い悩む彼は、たまらなくいとおしい。大人の男性に対して使う形容として間違っていても、やはりかわいいと言いたくなる。

「陛下がお望みくださるというのであれば、わ、わたしは、その……」

あなたに、抱かれたい。

口に出せない想いを胸に、エレインはきゅっとナイトドレスの裾をつかんだ。

「ああ、エレイン！」

先ほど離れたときと同じ言葉を口にして、けれど今度はシスがエレインの体をきつく抱きしめる。

「そんなかわいらしいことを言われたら、今すぐ僕だけのものにしたい気持ちを抑えられないよ。だけど――あなたの気持ちが僕にあるというのなら、焦《あせ》ることはないのだね。皇妃となったあとでもいい。もっとあなたを大切にしたいから……」

力強い腕に抱きしめられ、ほんの数刻前には不安でいっぱいだった胸が愛情に満たされていく。

シスがアレクシス皇帝だというのなら、陛下に嫁ぐことになんの問題があるものか。むしろ、それほどの身分の彼に自分では分不相応なのではと心配だが、国と国が決めたことならばエレインが懸念する必要もない。

政略結婚が当たり前と思っていた彼女の身に、幸福な縁談が舞い降りる夜。

「わたしたち、いつも会うのは夜ばかりね」

敬語で話すようにしなければと思いながらも、エレインはまたかつてのように親しげな言葉を口にしていた。

「今まではそうだった。けれど、これからは違うよ。あなたは僕の妃となるのだから、いつだって一緒にいられるんだ」

「ふふ、そんなことを言っては駄目よ。皇帝陛下には毎日公務が山積みでしょう?」

顔をあげると、優しい瞳がこちらを見つめている。

「あ、いけないい、わたしったら。陛下、不躾《ぶしつけ》な話し方をしてしまい申し訳ありま……ん、んっ!」

赤く愛らしい唇を、シスが甘く塞いだ。

「何も変わらない。いつものように、シスと呼んで。僕をそう呼んでくれるのは、あなただけだよ」

キスの合間に、かすれた声で囁かれる。唇に、鼻先にかすめる彼の吐息がくすぐったくて、エレインはせつなげに喉をそらす。

「で、でも……」

「他人行儀な話し方なんて、エレインらしくない。僕をただのシスとして受け入れてくれるのは、あなただけ。あなたの夫となる男に、少しは優しくしてほしいな」

寝台に片膝をのせ、彼がねだるような声音でそう言った。

――シスに……わたしの夫となる方に、優しくするというのは、どういう行為を求められているの？

エレインは長い時間を孤独のなかに暮らしてきた。無論、身の回りのことをこなしてくれる侍女たちはたくさんいたけれど、王族として使用人にあまり親しくしすぎないよう、侍女長のメリルから言われていた。

家族とも離れ、友人もなく、誰かに優しくするということが具体的にどういうことなのか。このときまで、エレインは考えたことがなかったように思う。

「エレイン？」

考え込んだ彼女を覗《のぞ》き込《こ》み、シスが静かに名前を呼んだ。

こうして名前を呼ばれること。使用人ではなく、対等の存在として話しかけてもらえること。そのどちらも、エレインにとっては嬉しいことだ。

――誰かに優しくするというのは、自分がしてもらって嬉しいと思うことをしてあげること……

だが、敬語ではなく親しく話すように、と先ほど言われたばかりである。それを実践したところで、シスはエレインに『妻らしい優しさ』を感じるかどうかわからない。

――だったら、ほかにわたしがしてもらって嬉しかったことは何かしら？

数秒、あるいは十数秒。

黙り込んでいたエレインは、右手をシスの後頭部に伸ばした。

「え……？」

彼が当惑気味に小さく声をあげる。

無言のままに、エレインが彼の金色の髪を撫でた。

「えーと、これはこれで……なんだか面映《おもは》ゆいものがあるね」

はにかむ愛しいひとが、目尻を下げてエレインの頬に唇で触れる。

「あの、あなたに優しくする方法をわたしはほかに知らなくて……」

不調法さが恥ずかしい。だが、幼いころにこうして頭を撫でられた記憶がエレインの心に残っていた。あれは、もしかしたら母が撫でてくれたのかもしれない。優しい手に撫でられているると、得も言われぬ幸福が体中にあふれていた。

「いいよ。あなたがしてくれることなら、僕はほんとうはなんだって嬉しい。子ども扱いされているなら不満だけど、今こうして撫でてくれるのは僕を想ってのことなんでしょう？」

目を閉じ、彼はふふっとやわらかな笑みをもらす。

薄い瞼《まぶた》に、金色の睫毛。人間とは、これほど美しい存在だったのか。エレインは、シスを見つめてため息をつきそうになった。

それだけではない。

この美しいひとに、彼がしてくれたのと同じようにくちづけたい。

――だけど、女性のほうからそんなことをしたらはしたないと思われるかもしれないし、それに目を閉じたら唇と唇がきちんと重なるか心配だわ。

だが。

薄く開いた彼の唇を見つめていると、心が少し浮き上がるような感覚がある。

キスの直後だというのに、もっと触れあいたい。その唇の温度を自分の唇で味わいたい。吐息のひとつも残さず、彼をすべて感じていたい――

意を決して、エレインは自分から唇を重ねた。かすめるような、短いキスだった。

「……ねえ、エレイン」

すると、今度は先ほどまでと違い、シスが少し責めるようなまなざしを向けてくる。

「僕は、自分なりに我慢をしているつもりだよ。あなたを今すぐ奪うのではなく、結婚するまで待つと言ったよね？」

「ええ、そうね」

「それなのに、なぜ煽るような真似《まね》をするのかな、僕の花嫁は」

ひたいとひたいがコツンとぶつかる。

シスが、恨めしそうにこちらを見つめているから、なんだか笑いそうになってしまう。

「煽っているわけではないわ。シスがしてくれるように、わたしからもキスしてみたかったの。優しくするって、自分がしてもらって嬉しいことをしてあげることでしょう？」

それはつまり。

彼にキスされることが嬉しいと、エレインは言っているのだ。だが、当然彼女は自分の発言がシスを煽っているなどと思いもしない。そもそも男女の関係において、煽るというのがどのようなことなのかを知らないのだから仕方あるまい。

「ああ、ほんとうにあなたは！」

彼が、右手で目元を覆って天を仰ぐ。

その所作に、エレインは自分が何か失礼なことをしてしまったのかもしれないと思わず硬直した。

皇帝陛下の頭を撫でたり、あまつさえ彼に確認せずにキスまでしたのだ。それが妃に許されることなのか、前もって聞いておいたほうが良かっただろうか。

そんなことに悩んでいると、シスがぐいとエレインの腰を抱く左手に力を込めた。

「……シス？」

「僕を好きだと言ってくれないのに、僕からのキスを嬉しいと思ってくれていることは告白してくれる。あなたのそういうところが、たまらなく愛しいんだよ」

まっすぐなエメラルドの瞳に射貫かれて、返答に詰まる。

「あなたは、いつだって透き通るような瞳の美しい女性なのに、僕の前でだけは子どもみたいに無邪気なところを見せてくれる。寂しそうな横顔も、恥じらって伏せた目も、今みたいに困惑して目を丸くする姿も――エレインのすべてが愛しい。あなたを、心から愛している」

瞳だけではなく、シスは言葉もまっすぐで。

これほどまでに直接的な愛の表現をされたのは、エレインにとって生まれて初めてのことである。

瞬間的に、頬がかあっと熱くなった。

「わ、わたしよりシスのほうがずっと美しいわ」

目をそらした彼女を逃さないとばかりに、シスが視線の先に首を伸ばす。

「そうやって照れた顔もたまらないな。きっと、拗《す》ねても怒ってもかわいらしいと思う。だから、これからは僕の隣でいつも一緒にいて。結婚するというのは、そういうことなのだからね」

微笑んだ彼が、あまりに幸せそうで。

エレインは呼吸すら忘れて、年下の皇帝に見とれてしまった。

◆　◆　◆

一夜明けても、夢のような現実は霧散したりはしない。

それどころか、宮殿に出入りするニライヤド帝国でも最高級の仕立て屋が午前中からエレインの採寸に張り切っていた。

「エレイン王女はとても華奢でいらっしゃるので、結婚式のお衣装がよくお似合いかと思いますよ。肌もきめ細かく、タフタやシルクよりつややかでいらっしゃいますもの」

色白は、室内で暮らす時間が長かったせいかもしれない。自分では女性らしさが足りないのではないかと思っていた細い腰や腕は、白いドレスを着るときに映えると言われて、エレインは少し安堵する。

なんといっても、あの美しいシスの隣に並ぶのだ。見劣りする妃では、彼に恥をかかせてしまう。

「それに、このような黒い艶《つや》やかな髪は初めてお目にかかります。ヘリウォードの方は、皆エレイン王女のようにお美しい髪をしていらっしゃるのですか？」

仕立て屋の女主人は、エレインの髪にうっとりと目を細めながら言う。

「いえ、この髪は母譲りなの。ヘリウォードでも珍しいとよく言われたけれど……」

細い声が、語尾に近づくと日差しに溶けるように消えていく。シスとふたり、惑わずの塔で話していたときとは違い、初対面の相手が幾人も出入りする室内では、どうしても声が小さくなる。

――ヘリウォードにいたころも、よく髪のことを珍しがられたわ。だけど、お継母さまはきっとひとと違うわたしの髪があまりお好きではなかった。

母と同じ、黒く艶やかな髪。

黒髪はそれほど稀有《けう》ではなかったものの、直毛となると話は別だ。とは言っても、エレインはヘリウォードの国内すべてを知っているわけではない。それどころか、離宮に暮らしていたため、自国のことさえ伝聞の知識がほとんどである。

もしかしたら、自分が知らないだけなのでは、と思うこともあった。エレインは、自分が世間知らずだということを常に忘れずにいなければいけない。

今まではヘリウォードの王女として、そしてこれからはニライヤドの皇妃として――

「まあ、そうだったのですね。アレクシス陛下がお心を奪われるのも当然ですわ。エレイン王女の涼やかなお美しさは、女性のわたくしでも見とれるほどでございますもの。ねえ、カーラ？」

女主人が、連れてきた助手のうち、エレインの背後で鏡の角度を調整するそばかすの女性に声をかける。

「はい、羨ましゅうございます」

赤毛の助手、カーラがひとの好《い》い笑顔で頷いた。

これまでの人生にないほどの賛美の言葉の連続に、エレインはいたたまれない気持ちになってくる。

――これは、シスの――皇帝陛下の花嫁となる女性に向けられた言葉で、わたしという個人を評価してくれているのではない。

そう思ったとき。

不意に、シスが『ただのシス』として自分を見てほしいと言った意味がわかった気がした。

王族に生まれながら、エレインは事情があってちやほやされることなく生きてきたが、シスはそうではなかったのだろう。無論、彼は絶賛に値するほどの美貌の持ち主だ。話をしているかぎり、頭の回転も速く、知識も豊富である。おそらくは、幼いころから美辞麗句に囲まれて生きてきたに違いない。

――だとしたら、彼がわたしの前で『ただのシス』でいたいと思ったのも無理はないわ。

だが、政治や経済、国を治めるための知識は持ち合わせていても、彼はマルメロの果実を生でかじるようなかわいらしいところもあった。

自分も世間知らずと言われるが、シスも同様なのかもしれない。果実の味に得も言われぬ困惑を浮かべていた彼の表情を思い出し、エレインは小さく笑った。

きっと、ふたりは幸せになれる。

根拠などないし、なぜ彼が自分を好きになってくれたのかもわからないけれど、幸福の予感があるのだ。

恋とは、果実の皮を剥くよりも鮮烈に甘く、同時に周囲が見えなくなるほどに強烈な思い込みで冷静な思考を奪っていく。

本来ならば、この縁談についてもっと考えなければいけない点があった。たとえば、ヘリウォードの武器商人が現在どうしているのか？　反逆軍に武器を提供していたが、先の皇帝と皇妃を弑逆する計画には加担していたのか、いないのか。ただ武器を売っただけならいいが、そうでなかった場合、エレインはのんきにドレスの採寸などしていられない。

国のため、民のため、ヘリウォード王国の利益となる相手と結婚するという意味では、ニライヤド帝国との縁談はこの上ない良縁である。

――お父さまは、結婚式には来てくださるのかしら……？

鏡の前に立つエレインは、母によく似ているという自分の顔をまじまじと見つめて父を思った。

もうずいぶん、父の姿を見ていない。

別れの挨拶すらなしに、あの日、エレインはヘリウォードをあとにした。

継母はともかく、父は少しでも自分を心配してくれていただろうか。娘の行く末を案じて、心を痛める夜もあったのだろうか。

そんなことを思っていると、不意にエレインの居室の扉が開いた。

「やあ、エレイン。採寸は順調かな?」

金色のやわらかな髪を揺るがせ、窓も開いていないというのに涼しげな風をまとった青年が顔を出す。

「シ……へい……あ、いえ、あの……」

彼とふたりならばいざ知らず、人前でシスと呼びかけるのはいかがなものか。

だが、エレインが「陛下」と呼びかけようとした途端、シスは目を細めたのである。結果として、呼びかけることもできずに彼女は困惑して目を伏せる。

たとえば。

自分より身分が低い自国の貴族であっても、年上の相手に対しては敬語を使う。特にエレインはまだ年若い王族であったため、年長者に対して敬意を払うよう教えられた。

しかし、相手が年長者であっても使用人と話す際には敬語を使わないようにすること。王女としての誇りを持って接しなければ、おかしな目で見られる。これも教わったことである。

しかし。

シスは、年齢はエレインよりも若いが絶対帝国ニライヤドの皇帝である。ふたりきりのときにはどんな話し方をしようと誰かに知られる恐れはないものの、侍女や仕立て屋の集まる部屋で、親しげに振る舞うのは彼の威厳を損なってしまわないだろうか。

――だけど、シスは陛下と呼ぼうとしたことを不快に思っているようだわ。どうしたらいいのかしら。

「あらあら、エレイン王女はずいぶんと初心《うぶ》でいらっしゃるのですね。陛下のお顔を見たとたん、こんなに赤くなっていらっしゃいますわ」

明るい声をあげたのは、仕立て屋である。

エレインの戸惑いの理由を、夫となる男性と顔を合わせたことだと勘違いしてくれたのはいいが、これでは顔を上げるタイミングがつかめない。

「我が婚約者は慎み深い女性だからね」

幸せを噛みしめるようなシスの声音に、彼が冷酷非情の皇帝と呼ばれているのは、やはり何かの間違いだとエレインは思う。

しかし、次の瞬間。

「ところで――」

ふと笑みを消した彼が、怜悧な刃物のように温度のない眼差しで、エレインの背後に立つ仕立て屋の助手を射貫いた。二十歳前後と思われる助手のカーラは、びくっと肩をすくませる。

「本日の同行者として申請された助手に、その女性はいなかったように思うがどういうことか」

それまで和やかだった室内に、かすかな緊張感が走った。仕立て屋は眉を高く上げ、驚いた様子で目を瞠る。

「ま、まあ、陛下。そのようなことまで把握していらっしゃるだなんて、エレイン王女のことをとても大切にしていらっしゃるので……」

「黙れ、仕立て屋。余は、その者の素性について問うている。宮殿内に、ましてや皇帝の妃となる女性の部屋に申請なき者を連れ込んで無事に帰れると思うか?」

低い声、耳慣れない一人称。年若い皇帝が、これほどまでに冷たい声を発するのを、エレインは初めて聞いた気がした。

だが、彼の言ったことは事実なのだろう。仕立て屋の女主人は、先ほどまでとは違い顔をこわばらせている。何か、事情があって予定とは異なる助手を連れてきたに違いない。

――でもカーラは、危険な人物などではないわ。仕立て屋のハミルトン夫人だって、わざと申請と違う助手を連れてきたわけではないはず。

「陛下、不調法をどうぞお許しください。本来、助手として申請《しんせい》していたアメリという娘が、一昨日から行方をくらましてしまいました。次期皇妃であるエレインさまの採寸でございますゆえ、人手不足にならぬよう代わりにカーラを連れてきたのでございます。決して、意図したことではございません」

仕立て屋は、それまでの上品な婦人らしさを失い、顔面蒼白で早口に事情を説明する。

これほどまでにシスを恐れる気持ちが、エレインにはわからなかった。彼女の知るシスは、いつも明るく朗らかで、誰より美しい笑顔の少年だったのだから。

「ほう。ならばなぜ、そのカーラという娘の素性を改めて申告しなかったのか説明してもらおうではないか」

「それは、その……」

言葉に詰まった仕立て屋は、ちらりとカーラに目をやる。

「カーラは、働き者で腕の良い娘でございます。ただ、紹介状を持たずに店へやってきたものですから……」

「つまり、腕さえ良ければ素性を調べもせずに雇っていたということか。素性を明かせぬ立場の者と、知っていて連れてきたというわけだな」

「滅相もないことにございます！　わたくしは、ただエレインさまのご婚礼のドレスを、少しでも素晴らしいものにするべく――」

カーラはうつむいて、着ていたエプロンドレスの裾をぎゅっと握っている。

――彼女が悪いわけではないわ。わたしだって、もしもメリルの準備してくれた北門の鍵を使っていたら、素性を明かすこともできずにどこかの町で仕事を探すことになっていたかもしれないんですもの。誰にだって事情はあるのだわ。

これまでの間、カーラと仕立て屋がいかに丁寧な仕事をしてくれたかをシスに説明しよう。そう思って、エレインは口を開こうとした。しかし、それより早く当のカーラが声をあげた。

「皇帝陛下、それにハミルトン夫人、どうぞお許しくださいませ！」

エレインは、驚いて助手に目を向ける。

「わたしのせいで、何か誤解をさせてしまったようで……。紹介状がなかったのは、前に働いていた店の店主が、急に病気で亡くなったから書いてもらえなかったからです。それに、わたしは田舎の貧乏家族の出で、素性なんて言われても何をお伝えしていいのやら、よくわからないものですから……」

そばかす顔に心細げな表情を浮かべたカーラは、どうしても悪人には見えない。

エレインは、ほっとして息を吐いた。やはり、予定と違う助手を連れてきただけのことだったのだ。むしろ、カーラはこの事態を申し訳なく思っているのかもしれない。

「わたしの素性について、ここで説明してもなんの保障にもならないですが、仕事だけはきちんとできます。エレインさま、採寸の続きをいたしましょう？　わたしを信用してくださるなら、採寸をさせてくださいませ」

どこか自虐的な笑みに胸が痛む。この局面で、自分が信じてもらえないことを彼女は知っているのだろう。エレインまでもがカーラを疑えば、カーラには行き場がなくなってしまう。

「……ええ、カーラ。採寸の続きをお願いするわ」

エレインの返事に、シスが目を見開いた。

「エレイン、何を……！」

「ありがとうございます、エレインさま！」

感極まった声で、カーラはシスの言葉を遮る。

このときに、気づいておくべきだった。冷酷無比の皇帝陛下と呼ばれるシスの発言を遮ることに不安も覚えず、堂々としていられるカーラの不思議さに。

「さあ、採寸の続きを。まずは――」

エレインのそばへやってきたカーラは、エプロンドレスのポケットに手を入れる。巻き尺を取り出すものと思っていたエレインは、黙ってその場に立っていた。

「待て、勝手なことをするな」

シスがそう言ってカーラを制しようとしたが、彼女は肝が据わった人物なのか「だいじょうぶですよ、採寸するだけですから」と笑顔で答える。

「陛下、カーラもああ言っておりますし、どうか今回の件は不問に……」

――シスにはあとできちんと話をすれば、きっとわかってくれるはず。

彼と目を合わせたら、きっと逆らえない。エレインは、あえてシスのほうを見ずにカーラの指示に従った。

「では、そちらを向いていただいて。そのままでお願いいたします。あっ、動かないでください」

カーラに背を向け、エレインはちくちくと刺さるようなシスの視線を感じていた。けれど、彼は何も言わずにいてくれる。エレインの気持ちを尊重してくれるシスの優しさが身にしみた。

「不問にするかどうかは、今話すことではない」

「ええ、ええ、もちろんでございます。まずはエレインさまのドレスを仕立てなくてはなりませんもの。ですが、わたくしどもは、皇室にあだなすつもりなどまったく――」

仕立て屋とシスが話している間も、カーラは何をするでもなくエレインの背後に立っていた。

おかしい、と思ったのは、採寸の続きが始まらなかったから――だけではない。

「……幸せそうでいいですね」

小さく聞こえたカーラの声が、ひどく暗く聞こえたからだ。

「え？」

不吉なものを感じて、エレインはおそるおそる振り返る。すると――

「わたしの兄さんを殺しておきながら、きれいなお妃さまをもらって幸せになろうだなんて、皇帝陛下はずるいですよね！」

右手にハサミをかまえたカーラが、ギラギラと燃えるような憎しみを込めた瞳でエレインを睨《ね》めつけている。

「カ、カーラ……？」

背筋が冷たくなった。彼女は、その手にしたハサミを振りかぶっている。

「貴様、何をするっ！」

シスが、左手を伸ばしてこちらに近づいてくるのが見えた。今まで見たことのない、恐怖に怯える少年のような瞳をしている。

「カーラ、やめて！」

仕立て屋の声が空気を震わせたその刹那、エレインの脇からヒュッと風が吹いた。否。それは、風ではない。窓も開けていない室内に、風は吹かない。

次の瞬間、カーラの手からハサミが叩き落される。床に大きな音を立てて転がったハサミを、黒い影がすかさず靴底で踏みつけた。

「シス……、あ、あ……」

駆け抜けたのは風ではなく、皇帝そのひとだったのである。

「あなたは、僕を悲しませるつもりですか……？」

そう言って、シスがエレインの体を強く抱きしめた。心臓が激しく鼓動を打っている。これは自分の心音だろうか、それともシスの……？

「……どうして……」

床にくずおれたカーラが、両手で顔を覆った。

「どうしてよ！　わたしの兄さんを殺したくせに‼　兄さんを殺したくせにい……っ」

悲痛な泣き声が、室内に響き渡る。呼吸を整えたシスが、エレインを抱きしめたままでカーラに顔を向けた。

「カーラと言ったな。本名はカリーナ・ロンディエか。先の皇帝夫妻をその手にかけたエミリオ・ロンディエの妹。余のもっとも大切な者を傷つけようとでも思ったか」

これは現実なのだろうか。あまりに自分の世界とはかけ離れた会話を耳にして、エレインは悪夢を見ているような気持ちにすらなっていた。

だが、これこそがシスの現実なのかもしれない。

両親を逆賊に殺されて、なお危険の迫る人生。豪奢な宮殿に暮らしていようと、数え切れないほどの兵たちに囲まれていようと、彼は絶対帝国の君主であるかぎり、命を狙われることにさえ慣れなければいけないというのか。

「陛下！　ご無事でいらっしゃいますか‼」

廊下を駆けてきた兵士たちが、堰を切ったように室内になだれ込んでくる。カーラ――否、カリーナは床に突っ伏し、両腕を背にまわされて縛り上げられた。

絶対帝国ニライヤド。

その権力は大陸内を制し、その国土は大陸でもっとも広大で、そしてその頂点に立つ皇帝は大陸における最高権力者である。だからこそ、ニライヤドにあだなす反逆軍は後を絶たない。光に闇が伴うように、ニライヤドという大いなる力の前に、抵抗しようとする派閥が生まれる。そこまでは、エレインも座学で知っていたことだ。

現にシスの両親は、暗殺されたではないか。

兵たちに指示を出していたシスが、侍女にメリルを呼ぶよう命じた。

かつて愛らしさの残る少年だった彼は、今や立派な大人の男性となり、震えるエレインを抱きしめた腕を緩めることはない。

謝罪を繰り返す仕立て屋一同を兵に連行させたシスは、メリルが来るまでエレインを抱きしめていた。

逸る鼓動が彼の音か、それとも自分の胸から響く音か。エレインには、区別がつかない。

あるいはその両方だったのかもしれないが。

◆
◆
◆

その夜。

エレインは、宮殿の居室ではなく閉ざされた惑わずの塔の寝室で、長椅子に座って小さくため息をつく。

カリーナの一件で、危険な目に遭ったエレインを、シスはメリルに命じて塔へと避難させたのである。

――シスは、わたしに呆《あき》れているかしら……？

しゅんと肩を落としたエレインは、ドレス姿のままでうつむき、膝のうえの両手を見つめていた。

指先にかすめた刃の冷たさを、今もまだ覚えている。ほんの小さな傷だったため、消毒をして乾かすに留めた。

『エレインさま、もっとご自身を大切にしてくださいませ』

短い言葉で、エレインの無謀を戒めたメリルを思うと、たしかに彼女の言うとおりだと反省する。

王女として育ち、皇妃となるため宮殿に滞在する自分が怪我をすれば、責められるのはエレインの警護についている兵たちだ。側仕えの侍女たちとて同様である。

――でも、だからといってまた同じようなことが起こったときに、わたしだけ安全な場所にいようとは思えそうにないわ。

たとえばエレインが蝶《ちょう》よ花よと育てられた王女ならば、もっと違った考え方もできたのかもしれない。しかし、そうではなかったのだ。

そして同時に、これこそが甘えだとエレインは気づいていた。

自分の育ちや環境を理由に、できないことを正当化している。王女なら、皇妃となる立場なら、自分を犠牲にして周囲を守ろうとするだけが立ち回りではないと考えなくてはいけないのだろう。浅慮ゆえに、返って自分の周りの人間を苦しめるようなことは許されない。

目先の感情にばかりとらわれ、エレインは物事の全体像を把握する能力に欠けていた。そうでなければ、刃物を持った相手を前に躍り出るなどできようものか。

シスは。

彼は、優しいひとだと思っていた。

少なくともエレインの知る、この塔で出会った美しい少年は、いつだって優しかった。

けれど、彼には異なる一面がある。

最年少皇帝として絶対帝国の頂点に立つからには、ただ優しいだけでは務まらないのだ。

――冷酷無比の皇帝陛下。そう呼ばれるのには、理由があったのね。

カリーナを前にしたシスの口調を思い出し、エレインは目を閉じる。

もしかしたら。

自分は、唯一国政と関係なく彼のそばにいられる人間なのかもしれない。

それが正しいとすれば、シスが素顔を見せる場所があることを嬉しいと思う。まして、自分が彼にとって少しでも憩いとなれたらどんなに幸せだろう。

シスは、エレインに希望をくれたひとだ。

家族と縁薄く生きてきて、人質として実の父から他国に差し出され、孤独の塔に暮らしていたエレインには、シスという存在が救いだった。

──いいえ、それだけではないわ。ただの救いでも希望でもない。彼は、わたしに恋を教えてくれたひと……

急に皇妃になれと言われて、戸惑いがないとは言えない。自分で務まるのか不安も感じる。だが。

シスの隣にいられるのなら、彼のために何かひとつでもできることがあるのなら、精一杯与えられた役割をこなしたいと、エレインは心から思った。

それは、生まれて初めて感じる思いだ。

誰かに──否、好きなひとに必要とされたいと願う気持ち。シスを好きになったからこそ、知ることのできた感情である。

「シスには感謝してもしても、したりないみたい」

小さくひとりごちたエレインの耳に、聞こえるはずのない声が届く。

「──僕は感謝より、もっと違う気持ちをもらいたいのだけどね」

「えっ……!?」

ハッとして顔を上げれば、麗しの皇帝陛下が壁にもたれて腕組みしていた。柔和な表情も甘い声も、日中に宮殿で会ったときとは別人である。

階段を使って上がってきたのではなく、以前と同じで地下通路から寝台の下の隠し扉を通ってきたらしいシスは、肩についた埃《ほこり》を払った。

「シス、どうして……」

暗殺未遂の直後である。皇帝がこんなところに来ていては、警備の兵たちが困るのではないか。

──それに、シスだって疲れているでしょうに。

エレインは事件の直後から惑わずの塔に隔離されていたため、不安はあれども体を休めることはできた。

だが、彼はどうだ。

実際にカリーナを捕らえ、尋問しているのはシスではないだろうが、報告に耳を貸し、今後の対応策の検討など、忙しい一日だったに違いない。

「どうしてって、僕の大事なエレインが心配で会いに来たに決まっているよ。あんなことがあったんだ。今夜は、あなたのそばにいたい」

そう言って近づいてくる彼を前に、エレインはゆっくりと長椅子から立ち上がった。

優しいまなざしに、思わず、すがってしまいたくなる。カリーナの一件に考えるところがないわけではなかった。彼女の心中を想像すると、居ても立ってもいられなくなりそうで。

「……駄目よ。ちゃんと体を休めなくては。シスは、わたしを優先しすぎているもの」

そばにいたいと言ってくれた彼に、ときめかないはずはない。

けれど、エレインはそっと目を伏せる。

彼の憩いになりたいと願う一方で、今の自分はシスにとって足手まといでしかないのだと痛感する。一大事のあとでさえ、気を遣わせてしまう。シスにはゆっくり休む時間が必要だ。

「つれないことを言う。そういうときは、『わたしが癒やしてあげる』くらい言ってくれてもいいんじゃないかな」

冗談とも本気ともつかない言葉を口にし、シスは両腕を伸ばした。エレインの体を抱きしめると、ふう、と耳元で大きく息を吐く。

「シ、シス……」

咎めるように名を呼べば、逃がさないとばかりに彼の腕に力がこもった。

「エレイン、僕はあなたが思うほど子どもじゃないよ。たしかに出会ったころは、背も小さかった。だけど、今の僕を見て子ども扱いできるかい？」

たとえば、エレインが本気であらがったところでシスの腕からは逃げられそうにない。細身に見えてもしなやかな筋肉をまとう彼。

――子どもだとは思っていない。ただ、あなたのことが心配なだけ。

心のなかは雄弁に、けれどエレインはその思いをうまく言葉にできず、黙って首を横に振った。

「シスが大人になったのはわかっているわ。だからといって、わたしたちの年の差が縮まるわけではないことも」

彼だけが、変わっていく。

そんな気がして、取り残されるのが怖くなるだなんて、シスはきっと知らない。

美しい少年は、今や美しい皇帝となった。彼ならば自分を選ぶ必要などなかったというのに、なぜ皇妃にエレインを求めたのか。

——わたしにはシスしかいなかった。彼が恋を教えてくれた。だけどシスは……

「そんな意地悪を言う子は、僕がどんなに大人になったか身をもって知ったほうがいいかもしれないな」

彼の声に続いて、意味を問うよりも先にエレインの体がふわりと抱き上げられる。

「シス、何を……!?」

「あなたは僕よりお姉さんで、大人なのでしょう？　だったら、僕が何を欲しているか、わからないはずはないよね」

エレインを軽々と抱いたまま、シスが寝室を横切る。壁際に置かれた大きな寝台に下ろされて、ドレスの裾がかすかにめくれ上がった。

「シス……………」

仰向けになったエレインの目に、金色のやわらかな髪が揺らぐ。

大きな手が、前髪をかき上げた。

「ほら、あなたは大人の女性として僕にどんな言葉をくれるんだい？　こういうときは、なんて言うのが洗練された女性なのかな」

そんなこと、エレインが知っているわけがない。なにしろ、彼に触れられるまで女性として体に触れられたことなどなかったのである。

侍女たちに着替えを手伝ってもらうのとは違う。シスの長い指、甘い唇、淫らな舌先――思い出すだけで、エレインの体はじわりと熱を帯びた。頬にひと刷毛《はけ》、朱が走る。

「……ずるいな」

何も言えずにいるところを責めるように、シスがふっと目尻を下げた。

沈黙をずるいと言われたと思い、エレインは何か言おうと口を開く。しかし、こんなときに告げるべき言葉を彼女は知らなかった。

「お姉さんぶっているあなたに、僕が大人の男だと認めさせたかった。なのに、潤んだ瞳で見つめられると冷静でいられなくなるよ。民衆の前で初めて演説をしたときより緊張する……」

まなじりをうっすらと赤く染めて、シスがはにかむ。その姿に、エレインの心臓がどくんと大きな音を立てた。

「…………来て」

唇が紡いだのは、誘惑。

白い指先をシスの頬に伸ばし、この先どうすればいいのかも知らないままでエレインは彼を誘った。

「エレイン……」

「あなたは、わたしの旦那さまになるひと……そうでしょう?」

すべらかな頬に指腹が触れると、甘い痺れが走る。それを合図に、シスがエレインの唇を塞いだ。

視線の先、白い天蓋布が寝台の振動でわずかにたゆむ。

押し倒されたエレインは、小さく息を吸った。

「……シス」

名を呼ぶ声が、かすかに震えている。怖くないわけではない。彼に触れられたいと願う反面、初めての行為に恐れを抱いているのも事実だ。

「そんな目で僕を見ないで。あなたがどんなに泣いても、このまま奪ってしまおうかと悩んでいるのだから」

エレインの腰を跨いで膝立ちする彼が、右手で前髪をかき上げた。長い指の間をこぼれ落ちる金髪は、夢のように美しい。

「わたし、どんな目をしているの？」

期待と不安の入り混じる心が、瞳に表れているのかもしれない。そう考えると、恥ずかしさに頬が赤らむ。

「エレイン？」

——いやだ、こんなはしたないわたしを、シスにだけは知られたくないのに……

だが。

彼に触れたいと願う。

彼に触れられたいと願う。

世界中の誰よりも、シスのそばに近づきたいと思ってしまう自分をエレインは止められない。

そんな彼女を見下ろして、若き皇帝が躊躇の表情を浮かべた。

「み、見ないで……」

両手で顔を覆い、エレインは含羞に赤く染まった頬を隠そうとする。抗う所作が、彼の慾望に火をつけた。

「いやだよ。あなたのすべてが見たい」

一瞬のためらいをかき消して、シスが甘く囁く。その目には、エレインだけが映し出されている。

「駄目なの、お願いシス、今は……っ」

「誘っておいて、今度は聖女の貌《かお》をする。エレインは駆け引きに長けているのかな？　それとも、僕を誘惑する手口のひとつ？」

まさか。

男女の駆け引きどころか、恋すらも知らなかったエレインが彼の言うような高等技術を使えるはずがない。

だが、シスの手でそっと顔を隠す両手を下ろされると、優しいまなざしに心を捕らえられる。

「最近のあなたはいつも黙ってしまうね」

ぽつりと彼がそう言った。

微笑んでいるのに、少しだけ寂しそうに見える気がして、エレインは二度瞬《まばた》きをした。気のせいではないだろうか。なんでも手に入る皇帝陛下が、寂しそうだなんて。

――それも、わたしごときが彼を寂しがらせるだなんてありうるのかしら……？

「惑わずの塔で過ごしたころは、いつだって楽しそうに話してくれた。小さな声が愛らしくて、僕を子ども扱いするあなたと過ごすのは、心がむず痒い感じがしたものだよ」

あのころと同じ。

ここは惑わずの塔だというのに、今のシスはほんの一年と少し前を懐かしむ素振りで目を細める。

――彼がいて、わたしがいる。それは同じだけれど、当時はシスが皇帝だとは知らなかった。いいえ、あのころの彼は皇太子だったのでしょうけれど。

「僕を『ただのシス』として見てくれるあなたに恋をした。ならば、僕がこの国の皇帝だと知ってしまったあなたに対して、同じ感情を抱くものだろうかと悩ましい思いもあった。けれど、エレインはエレインだ。返事が言葉少なになっても、僕との距離をはかりかねていても、あなたは僕の好きになったひとに違いなかった」

「シス…………」

優しい声に、心がじわりと熱くなる。

官能による体の熱とは違う。大きな手で心を直接撫でられてでもいるような、言葉にできない感情の動き。

それまで、感じたことのない想いを胸に、エレインは小さく息を吸った。

「黙ってしまうのはきっと、あなたがわたしの知るシスよりもずっと大人で、男のひとだからよ」

ゆっくりと言葉を紡ぎ、彼の瞳を見つめる。いつだって、シスのまなざしはまっすぐだ。

「子ども扱いするくせに？」

「していないわ。いえ……、たしかに以前はしていたかもしれない。それに、今だってあえてあなたを年下の男の子だと思おうとするときはあるかもしれない」

けれど。

それには理由があるのだ。

エレインに求婚した少年の日の彼には、まだ幼さが残っていた。それゆえ、彼がいかに本気で言っているとわかっていても、心のどこかで夢物語を聞いているような感覚があった。

十八歳になったシスは、もう子どもではない。大人の男として、彼がエレインを娶ると言う。

こうして組み敷かれ、男女の体の違いをまざまざと思い知らされる。

そのたび、体の奥深いところから期待と不安が生まれるのを止められない。

——ほんとうの気持ちを、伝えてもいいの？

未だに、好きだとさえ言えていないものを、彼に近づかれると異性として意識しすぎてしまうだなんて、告げるべきではないような気もする。

普通の女性なら、こんなときはどうするのだろうか。エレインには、王族としての教育を受けたことはあっても、友人と恋の話に花を咲かせた経験はなかった。その結果、愛しいひとの前で、どこまで自分をさらけ出していいのかを戸惑ってしまう。

「続きを聞かせて、エレイン」

ちゅっと音を立てて、シスがエレインのまなじりに唇を落とす。

「僕は、あなたの声を聞いていたいんだ。たとえそれが、今夜の夕食の献立であろうと、明日の天気についてであろうと、僕以外の男を気にかけているなんて話だったら冷静ではいられないかもしれないけれど——あなたの声が、聞きたいよ」

エメラルドの瞳に懇願をにじませる彼は、何度も何度もエレインにキスをする。唇は避けて、まぶたに、頬に、ひたいに、そして鼻先に。

「く、くすぐったいわ、シス」

「僕を焦らすいじわるなエレインに仕返しをしているんだ。愛を込めた仕返しだから、キスした回数だけあなたを欲する気持ちが強くなると覚悟しておいてね」

耳の下に唇が触れて、エレインはびくっと肩を震わせた。それを察知したのか、シスはほかの箇所へのキスとは違って、顔を上げようとしなかった。

「ん……っ……」

わずかに身を捩《よじ》ると、逃さないとばかりに彼が唇を押しつけてくる。耳の裏がぞわりと甘い疼きに痺れた。

「さっきの続き、聞かせてくれないのかい？」

吐息混じりの声が肌を舐め、エレインは溺れかけてでもいるように浅く短く息を吸う。

「子ども扱い……し、していないと……」

「うん」

最初は耳まわりに留まっていた痺れが、うなじから背へ、背から腰へ、次第に膝まで震えはじめた。

――駄目、考えられない……！

「あなたを子ども扱いしていないと、触れられるたびにわたしはおかしくなってしまいそうなの……っ」

自分の言葉に、体が熱くなる。

シスはエレインを欲する気持ちが強くなると言ったが、それはエレインも同様なのだ。

若く健康な体の女性が、恋した相手に触れられて何も感じないはずがない。ごく自然で当たり前のこと。けれど、エレインにはそんな経験もなければ知識もなかった。

「だから、だから……シスに触れられて、全身が熱くなって、どうしていいかわからなくなるのが怖い。もっと触れられたいと思うのはいけないこと？　夫となるひとに近づきたくなるのは、はしたないことなの……？」

目を閉じたまま、消えそうな声で問いかけるエレインをシスが強く抱きしめる。

「ああ、エレイン……！」

ぎゅっと抱きすくめられた体が、弓のようにしなった。下腹部にひどく硬い何かが当たっている。シスは剣を持ってきたのかもしれない。エレインはそう思った。

「また、僕を煽ったね。あなたは無自覚に僕を求めてくれる。その想いに触れるたび、僕の理性は焼ききれてしまいそうになるんだよ」

その言葉の意味を考えるよりも早く、エレインの唇が情熱的なキスで塞がれた。

彼の手が、ドレスのリボンをほどきはじめたのを察しても、エレインはもう抵抗しなかった。

否、その先の悦びを彼と共有したいと願ったのはエレインのほうだったのかもしれない――

入浴の際には、侍女にドレスを脱がされることも体を洗われることも当然と認識して育ってきた。一般的な淑女同様、王女エレインは自分で衣服の着脱をしたことなどなかったのである。

けれど。

殊《こと》、シスの前では話は別なのだ。

空気に触れる肌の面積が広くなっていくほどに、心臓の音が大きくなる。頬は今にも燃えそうなほどに熱くなり、指先は所在なく敷布を彷徨う。

「エレインの肌は美しいね。色白で、穢れを知らない赤子のようなやわらかさだ」

「そ、そんなこと……ないわ……」

目をそらすことはできても、彼の声から逃れることはできない。甘い声音、肌の表面をくすぐる吐息、そして指先がかすめるようにエレインに触れる。

「何より、僕にあばかれることで白い肌がうっすら赤く染まるのが愛しいな。ほら、見てごらん。頬だけではなく、鎖骨のあたりまで赤らんできている」

彼の発言に導かれ、おずおずと自分の胸元に目を向けた。

胸の双丘の谷間に顎がつきそうなほど、シスはエレインの体に近づいている。彼と目が合うと同時に、自分の胸の先まで見えてしまい、エレインはバッと顔を背けた。

「どうしたの？　ちゃんと見えたかい？」

「え、ええ、見えた。見えたから……」

「そんなに恥ずかしがらなくてもいいんだよ。エレイン、僕は経験こそないけれど、女性の体がどんな反応をするときに感じているのかは知っているんだ。そういうことも、家庭教師に教わったただなんておかしいよね」

皇帝たる者、閨事について実践で学ぶわけにはいくまい。何せ、夜を共にするということは彼の子が相手の女性に宿る行為につながる。皇帝の落とし胤《だね》があちらこちらにいては、確実に不穏な未来が訪れよう。

「……おかしくはないと思う。わたしも、そういうことは家庭教師に……」

「なんだって⁉」

急にシスが体を起こす。

その勢いに気圧されて、エレインは肩をすくめた。

「エレイン、あなたはいったいどんな教育を受けたのかな。家庭教師というのはもちろん女性だろうね？　こんなふうに、肌に触れさせたのかい？」

「まさか。そんなことはしないわ」

あまりに彼らしくない興奮した口調が、逆にシスをかわいらしく見せる。エレインは、愛しいひとに微笑みかけた。

「旦那さまのお子を授けてもらうためには、多少の痛みがあっても抵抗しないように、と。それから、あの……何をどこにどうすると、子種をちょうだいできるのか、ということを少々……」

――どうしてかしら。ひどく恥ずかしいわ！

学習した内容について説明するだけのことのはずが、だんだん口が重くなっていく。

そして、シスは平静を取り戻し、エレインを見つめて嬉しそうに「それで？　その続きは？」と口角を上げた。

「つ……続きは、詳細は知らないの！　あとは旦那さまにおまかせすればいいとしか……っ」

「そうか。だったら、僕にまかせてくれるということだね」

うんうん、と頷いた彼が、両手でエレインの胸を裾野から持ち上げる。

「んっ……」

先端がいつもより色を濃くしていた。そればかりか、普段はなだらかな丸みを帯びているだけの胸の先が、きゅうっとせつなく凝っていく。

「まだ触れてもいないのに、エレインのここはもう期待で硬くなっているよ。それに、赤くなっているみたいだ」

「知らない、そんな……あっ！」

含羞に顔を背けているうちに、彼の形良い唇が胸の先をついばんだ。

腰が跳ねるのを止められない。寝台の上で、エレインの体は陸に上がった魚のようにびくびくと躍る。

「こら、そんなに腰を押しつけたりしてかわいらしい……。エレイン、胸を舐められるだけで気持ちよくなってくれたの？」

「あ、だって、んんっ……」

ぴちゃぴちゃと、子猫がミルクを舐めるようにシスがエレインの胸をあやした。濡れた舌先がかすめるたび、得も言われぬ悦びが腰に響く。

「ああっ、嘘、こんな、どうして……」

自分の反応に、エレインは戸惑っていた。

もっとも、かつて同じ場所でシスに体をあばかれたときにも知っていた感覚である。記憶は次第に薄れ、ただ恥ずかしくて気持ちよくて、彼を愛しく思った感情だけが残っていた。

――あのときよりも、もっと感じてしまうだなんて……

「これだけじゃ物足りないかな。おいしいあなたの体を、もっと食べてもいい？」

彼の問いかけに、エレインは涙目で頷いた。

求めに応じたかたちではあるが、実際にはもっと彼を感じたいと本能が叫んでいた。

――おかしくなってしまいそう。わたし、きっとシスに呆れられてしまうわ。

胸から全身へと快楽の波紋が広がっていく。脳を冒す甘い佚楽。エレインは、喉を反らして嬌声をあげた。

胸元をはだけられ、あらわになった肌にシスが余すところなくキスを落としていく。たくし上げられたドレスのスカートから、白い両脚が敷布に躍る。

「ぁ、あっ……、やぁ……！」

左胸に彼が唇を寄せ、同時に右胸の頂《いただき》を指腹で転がすと、もう声を我慢できなくなった。否。

すでに、我慢などしていなかったように思う。

彼の舌に、彼の指に、そして彼のまなざしひとつに、エレインは痴態をさらしてしまうのだ。

「エレインはすぐにいやだと言うけれど、その声がますます僕をおかしくするんだ」

甘く濡れた声音が、いっそうエレインの心を乱していく。

胸からこみ上げるせつなさは、ほどなくして疼きに変わった。唇であやされ、舌先で撫でられ、胸の先が淫靡に濡れている。

「こんなに嬉しそうに硬くなっているのに、あなたはまだ僕を拒もうとするのかな？」

ちょんと先端を指で弾き、シスが小さく笑う。

「し、知らない、そんなこと……」

「嘘つきだね。だけど、エレインの瞳はいつだって正直なんだ。怖がりながらも、僕に触れられる悦びに、あなたは興奮している」

赤い舌が形良い唇から覗き、凝った胸の先をかすめた。

「ひっ……、あ、あっ……！」

ただ一瞬の、あえかな刺激。

けれど、それだけでエレインの腰が敷布から浮き上がる。

「感じているとき、エレインの瞳は青が濃くなる。ねえ、その瞳をもっとよく見せて。言葉で僕を欲しいと言ってくれなくてもかまわないよ。あなたの心は、瞳にすべて映し出されているからね」

ならば、彼の瞳はどうなのだろうか。

――わたしを欲してくれるとき、シスのエメラルドグリーンの瞳は強くきらめいているの……？

それを知りたくて、エレインは体勢を変えようとした。しかし、同時にシスが彼女の脚の間に体をずらす。

「…………シス、何を」

「胸もよさそうだけど、こっちも感じてもらいたいんだ。ああ、やはりずいぶんと濡れているね。ほら」

処女の合わせ目を、彼の指が左右に割った。水音に似た淫らな音が鼓膜に届き、エレインは両手で口を覆う。

「い、いや、広げないで……っ」

「おかしいな。あなたの家庭教師はなんと教えてくれたのだっけ？」

そこに。

夫となる男性のものを受け入れるのだ、と。

エレインは知識として学んでいる。

「は……、こんなに美しいものを隠していただなんて、エレインはなんて罪深いんだろう」

自分でも見たことのない器官を賞賛され、理由のわからない恥ずかしさがこみ上げた。

「ねえ、エレイン。聞こえているのでしょう？　あなたのここは、僕を待ち望んでしとどに濡れているよ。わかるかな、ここだよ、ほら……」

言葉だけではなく、場所を示そうとしたらしいシスの指先が肌をかすめる。あふれた蜜をぬるりとすべった彼の指が、下から上へとエレインの秘めた部分をなぞった瞬間、背筋が激しくしなった。

「っっ……、あ、あっ！」

小さく息づく花芽に、彼の指が触れたのである。無論、エレインはそれがなんなのかなど知らない。自分の体の感じやすい場所をたしかめたことなど、純潔の王女にあるわけがなかった。

「え……」

一瞬の強い快楽に身悶える彼女を見下ろして、シスが戸惑いに視線を揺らがせる。

「もしかして、ここが感じる……？」

けれど、察しのいい彼はすぐにエレインの悦楽の理由に勘づいた。つぶらな突起に指を這わせ、円周をくるりとなぞる。

「やぁ……っ……！　そこ、駄目、いやっ……」

焦らされるだけでも、腰が浮くのをこらえられない。中心に刺激がほしい。だが、触れられると全身が痺れるような焼けるような、これまでの人生で味わったことのない感覚に襲われる。

先ほどまでの緩やかで甘い悦びとは、まったく異なっているのだ。

理性のすべてをかき消され、ただただ快楽だけに支配される。感じすぎるせいか、わずかに痛みすら覚えた。

「声、大きくなったね。いつものエレインと違う――その声を、もっと聞かせて」

だが、シスはエレインの嬌声が嬉しいらしく、指先で花芽を慈しむ。そのうちに、敏感な粒を覆っていた包皮がめくれた。

「ああ、そういうことか」

それを見た彼は、何かに納得したように小さく頷いた。

――何？　これはいったい、なんなの……？

大きな目に涙をいっぱい浮かべて、エレインは天蓋布を見上げている。腰から広がる快感に、息をつく暇もない。

「エレイン、今からあなたのかわいらしいところにキスをするよ。ここは感じやすすぎるから、指よりも唇で愛したほうがいいはず――」

返事をすることもできないエレインの脚の間に、シスが鼻先を埋める。

信じられない光景だった。

しかし、視覚よりも鮮やかに彼の唇に与えられる感覚がエレインを狂わせる。

「ひ……っ……、あ、ああっ、いやぁ……っ」

指で左右に開かれた柔肉の間《あわい》、そこにシスはしっとりと唇を押し当てた。優しく、けれど情熱を感じさせるくちづけなのに、キスされているのがもっとも敏感な部分のせいで、エレインは全身が震えるのを止められない。

やわらかな唇は、乳首をあやすときと同じく花芽を軽く食んでいる。唇の内側の粘膜が、時折花芽のかたちを確認するような素振りで、やんわりと力を入れてくると、エレインは今にも気を失ってしまうのではないかと思うほど、激しい快感に突き動かされた。

「シス、お願い……っ、駄目、駄目なの、そこは駄目ぇ……！」

悲鳴にも似た嬌声が、ふたりきりの寝室に響く。

悶えて、身を捩って、脚を無様にばたつかせて、それでも逃れられない彼のくちづけに、エレインはがくがくと腰を振るばかりだ。

――こんなことを続けられたら、狂ってしまうわ。もう、すでにわたしはおかしくなっているのかもしれない……！

のどがひりつくほど愛されたのち、エレインの体は唐突な果てへ追いやられた。ひりつくような悦びが、きゅうと凝縮されていく。

何かが来る。

初めての感覚であっても、自分の体に起こる出来事をエレインは察知することができた。

「い、いや、何か……何か、おかしく……っ」

背が総毛立つ。汗ばんだ肩が敷布の上で揺れ、つま先は宙を掻いた。

「――達してしまいそう？」

彼が唇を押し当てたまま、そう尋ねてくる。

達するというのは、どういう意味なのだろうか。質問したくとも、すでにエレインの唇は意味のある言葉など紡げていない。吐息と嬌声で埋め尽くされた空気が、張り詰めた糸のように引っ張られていく。

指先から、爪の裏から、腰の奥から、頭の天辺から、細く縒《よ》られた官能の糸が彼の愛でる部分につながっているのを感じた。

「怖い、こんなの怖い……っ、あ、あっ、あああ、あ――……」

はしたなく腰を上下に揺らして、エレインは寝台にめり込むほど体を強張らせる。

蜜口からは、透明な雫が飛沫をあげた。

水滴はシスの美しい顔にも飛び散っていくが、それを気遣う余裕などとうに失われている。

彼の目の前で。

エレインは、初めて達してしまったのだ。

――わたし……どうなってしまったの……？

まぶたの裏で、いくつもの白い光が爆ぜていく。意識はすうっと吸い込まれ、唇のわななきはゆっくり収まっていった。

「……………これが、あなたの味」

残されたシスが、頬に散った媚蜜を指ですくうと、舌先を躍らせる。

恍惚の表情で目を閉じた若き皇帝は、下腹部を激しく膨張させていた。

第四章　愛の行方

「――……そうだったの。カーラ、いえ、カリーナが無事でほっとしたわ」

仕立て屋の助手、カリーナによる事件から数日後。エレインは、侍女のメリルからカリーナが国外追放になったことを聞いた。

今回の件については、皇帝陛下の目の前で武器を手にしたとあって、重刑でもおかしくない。ましてや冷酷無比の皇帝と呼ばれるアレクシスである。

――だけど、シスがほんとうは冷たいひとではないことをわたしは知っているわ。

両親を殺され、若くして即位を余儀なくされた彼には、ひとにはわからない苦しみもあるのだろう。

だが。

それだけが理由だろうか、とエレインは不思議に思う。

気のせいでなければ、かつてニライヤド帝国のアレクシス皇太子は笑顔の愛らしい少年だと聞いたことがあったように思う。実際のシスを知る身とすれば、彼がいかに魅力的な皇太子だったかは想像に易い。

それが、両親を殺されたことで冷血の皇帝に変貌するものだろうか。

――……考えてみると、わたしはシスのことを知らない。一緒にいるときに、彼がどんなふうに笑うのか、どんなふうに驚くのか、どんなふうに愛を囁くのかは知っているけれど、彼がこの国でどうやって育ってきたかを聞いたことがなかった。

シスは自分から過去を語るタイプではないうえに、以前は身分さえ隠していたほどだ。結婚したら、幼いころの思い出なども聞かせてもらえるかもしれない。エレインはそう思い、紅茶の入ったカップをソーサーに戻す。

「エレインさま、安堵してばかりではいけませんよ」

メリルはティーワゴンの脇に立ち、背筋をまっすぐに伸ばしたままそう言う。

「あら、どうして？」

カリーナが国外追放となり、彼女の命は守られた。無論、カリーナにすれば兄の無念を果たせなかったことで恨みのひとつやふたつは残るだろうが、それでも彼女の未来まで罰せられなかったことにエレインとしては安心していた。

「カリーナがまたわたしを襲うことはないでしょう？」

「それは当然です。ただし、ドレスの採寸が途中でしたし、婚儀の衣装を急ぎ準備しなければいけません」

言われてみれば当たり前のことである。

他国の王族や国内外の有力貴族たちを招待した、ニライヤド帝国皇帝陛下の結婚式を延期するわけにはいくまい。

「メリルの言うとおりね」

とはいえ、深刻な事態とも思えず、エレインは今の話をメリルなりの冗談ととらえた。

しかし。

「前回のことを踏まえて、陛下は次の採寸には同席されるとのことです」

その言葉に、思わず王女らしくない声が出そうになる。ごまかそうと小さく咳払いをしたもののの、頭のなかは「どうしてシスが同席するの⁉」という疑問が渦を巻いた。

「落ち着いてくださいませ、エレインさま」

「え、ええ。落ち着いているわ。でも、なぜ陛下が……」

「仕立て屋は助手も含めて女性の職人のみを入城させます。ですが、先日の一件がありましたから、エレインさまをお守りする者が必要と陛下はお考えだそうです」

なるほど、言われてみれば一理ある。

だからといって、一国の長たるシスが身をもって守るというのはおかしな話ではないか。

先日も、採寸中にシスが訪れてくれたおかげで事なきを得た。それはわかっている。彼には感謝してもしきれない。

けれど、採寸とは下着姿で行うものだ。

彼にあられもない姿を見られるのは――しかも、人前で腕を上げたり下げたり、股下の長さを測ったりする格好は、決して見栄えがいいとはいえない。

「でも、そんな役割ならわざわざ陛下にお願いせずとも、ほかの……ほかの者に見張りに立ってもら……」

言いかけて、やっとエレインは気がついた。

皇妃となる女性の下着姿を、シス以外の男性に見せるわけにはいかないのだ、と。

「ほかの者に頼むわけにはいかないと、陛下御自ら申し出ていらっしゃると聞いております」

頬を真っ赤に染めたエレインが、もじもじとドレスのフリルをいじっているのを見て、メリルは冷静な口調で言う。

「……わ、わかりました。陛下に、わたしがお礼を言っていたとお伝えしてちょうだい」

「かしこまりました」

頭ではわかっているものの、いざシスの前で下着姿を披露する未来を想像すると、今から恥ずかしさに心拍数が上がる。

——いいえ、もっと露出の高い格好を見られているのだから、そのくらいなんてことないと思ったほうがいいわ。そう、そうよ。肌を見られたことだって、一度や二度ではないのだし
……

彼の前で胸をあらわにし、あまつさえそこにくちづけを受け、もっとも秘めるべき場所にも舌を受け入れ——

「っっ……わたしったら、なんてことを……！」

ワゴンを押して、メリルが部屋を出た直後。

エレインは両手で頭をかかえて、甘く淫らな記憶に懊悩した。

思い出してはいけないと、自分に言い聞かせれば言い聞かせるほど、身体感覚は鮮やかによみがえってくる。心の奥に、脚の間に、彼のひそやかな指の動きが幾度も再現される。

——結婚したら、あの行為を毎晩するようになるのだわ。それだけではなく、もっと先まで……

待ち遠しく思う自分は、なんとはしたないのだろうか。

だが、愛するひとに触れたいと願うのも、触れられたいと望むのも、きっと間違ったことではない。結婚式が終わったら、今度こそ言える。

あなたのことが好きだと――

◆　◆　◆

――ああ、今日もなんて美しい空かしら。

宮殿の自室で目を覚まし、エレインはカーテンを開けて高く澄んだ空を見上げる。自然豊かな宮殿の周囲からは、小鳥たちの朝の挨拶が聞こえてきた。

結婚を間近に控え、衣装も無事に完成し、最近のエレインは心穏やかな日々を過ごしている。

とはいえ、純白のドレスができあがるまで、実は気が気でない毎日だった。カリーナの一件から、シスはエレインの身を案じ、護衛の人数を倍に増やした。それればかりか、採寸のやり直しすら終わっていない時点で結婚式を早めようとまでしたのである。

「僕のそばにいつもいてくれれば、あなたを守ることができるでしょう？」

そう言って、この世のものとは思えないほど美しい笑顔を見せた彼に、エレインが反論する気を失ったのは言うまでもない。

実際には、国を挙げての式典となるため今から日程の変更は厳しく、シスは結婚式を早めることを諦めた。

その代わりといってはなんだが、彼は毎晩、エレインの寝室へやってくる。彼女を守ろうとする想いは、ひしひしと伝わっていた。同時に、互いの惹かれあう甘い引力に負けてしまわないよう、シスとエレインは薄い緊張の膜で覆われた夜を過ごしていたのである。

彼は、これまでに何度か一線を踏み越えようとする発言をしてきた。そのたびに「自分は何をしても許される立場だ」と言いながらも、シスは自制心をもってエレインの純潔を奪うことだけはせずにいたのである。

心も体も結ばれるのは、結婚してから。

当然のことと知っていても、惹かれあう若いふたりには悩ましい命題である。特に、シスの場合はエレインよりも多くの自由をその手に握っているのだ。彼は、昨晩もこの部屋へやってきて、何度も何度もエレインの頬にくちづけをしながら、愛を語った。

――夫婦になったら、その日の夜にわたしたちは結ばれるの……？

清々しい朝の空気を胸いっぱいに吸い込んで、エレインは淫らな夜に思いを馳せる。互いに意識しているからこそ、あえて体には触れない関係。だが、今にも分水嶺《ぶんすいれい》に達しそうな愛情を前に、結婚が待ち遠しくなる。

「……考えても詮無いことだわ。結婚式まで、あと少しなんですもの」

案ずるより産むが易し。

朝の洗面用の湯を運ぶ侍女たちの足音を聞きながら、エレインは大きく深呼吸をした。

その日の昼過ぎになって、急に宮殿内が慌ただしく感じられた。何があったのだろうか。

メリルを呼んで事情を聞いてみることも考えていた矢先、唐突にエレインの居室の扉がノックされた。

「はい」

硬質な声で応じると、予想もしなかった相手がエレインの名を呼ぶ。

「エレインお姉さま、入ってもいい？」

自分を姉と呼ぶ少女の声に、一瞬で相手が誰かわかった。

「リリー……？」

入室の許可ではなく、異母妹の名を呼んだだけだというのに、扉は当然のように開けられる。

そこに立っていたのは、小柄で可憐な妹姫。まごうことなきリリーだ。

驚愕に言葉を失うエレインを、どこか小馬鹿にした笑みで圧倒すると、異母妹はこれ以上の断りは不要とばかりに勝手に室内に足を踏み入れる。

ヘリウォード王国にいるはずのリリーが、なぜここにいるのか。エレインは、事態を把握できずにただ立ち尽くす。

そうしている間にも、リリーは内側から扉を閉めた。ドレスの裾をふわりと揺らして、彼女がダンスの最中のようにターンをひとつ。

「ニライヤドの皇帝陛下って、ずいぶんと羽振りがいいのね。やっぱり絶対帝国と呼ばれるだけあるわ」

二年ぶりに会うというのに、ろくな挨拶もないまま、リリーは室内を見回してわざとらしく目を丸くした。

「え、ええ、そうね。この国にはなんでもある。魔法の世界みたい……」

エレインは、この異母妹が苦手だ。

継母の前では毅然として振る舞うこともできるのに、リリーといると自分が矮小な存在に思えてくる。それはおそらく、彼女がエレインのことを取るに足らない存在と見做しているのが言外に伝わってくることも理由のひとつだ。

——リリーは、結婚のお祝いに来てくれたというわけではなさそう。それに、リリーが来るならきっと、お父さまやお継母さま、カナンも来ているはずだわ。

珍しい敷物や鮮やかな色を用いた天井画、室内の調度品に興味津々の異母妹に、エレインが声をかけようとしたときだった。

こちらに背を向けて、銀の燭台をそっとなぞるリリーが口を開く。

「ねえ、エレインお姉さま。皇帝陛下は、なぜお姉さまをお選びになったのかしら？」

突然の質問に、即座には返答が思いつかない。

何もかもをその手中に収める、絶対帝国のトップに立つシス。彼が自分を選んだのは――

「それは……わたしたち、婚約よりも以前に偶然知り合ったの。友人として」

「あら、おかしいわね。ニライヤドでは十八歳になるまで、結婚相手を吟味するのも禁止されているのではなくて？」

リリーは、女性にしては長身のエレインと反対にとても小柄だ。目が大きく、長い睫毛はまばたきのたびに音を立てそうなほどびっしりと生えそろっている。赤い唇は薔薇を思わせ、華奢な指先はいつだって爪の一本一本まで手入れを欠かさない。

「なのに、おふたりは婚約前から恋仲だったとでも言うおつもりかしら？」

部屋の扉を閉めたときと同じく、リリーがくるりとその場で反転する。優雅な所作、愛らしい相貌、そして外見に似合わない計算高い異母妹。

「リリー、誤解しないで。彼は、わたしのたったひとりの友人だったの」

「まあ！　お姉さまったら、子どもみたいなことを言うのね」

大きな目を細めて、リリーがさもおかしげに笑う。鈴を転がしたような高くかわいらしい笑い声が、今は耳についた。

「妙齢の男女が友人になんかなれるはずがないでしょう？　それに、ただの友人は結婚したりしないものよ」

「っっ……、それは、その……」

リリーはシスよりも年下だ。

だが、男女の機微についてはエレインよりずっと詳しいような口ぶりである。

「……そういえば、急にニライヤドへ来るなんて驚いたわ。国の皆は元気にしているかしら？」

気を取り直し、エレインは微笑を浮かべた。

ほんとうは、なぜリリーがここにいるのかを尋ねたかったのだが、聞き方によって角が立つ。異母妹の機嫌を損ねるのは避けたいところだ。

「ふふっ、エレインお姉さまって変わらないのね」

エレインの質問を無視して、リリーは両手を背に組み、スキップでもするような足取りで近づいてくる。

「都合が悪くなると、すぐいい子のふりをする。わたしやお母さまがエレインお姉さまに優しくないことも見ないふり。それに、お父さまがお姉さまを放っておいたことも気づかないふり。

いつだって、何も知らない幸せな王女さまのふりをするんだわ」

もとより、あまり話したことのない異母妹だ。反りが合わないのは、育った環境のせいで致し方ないと思う。リリーからすれば、自分は邪魔な第一王女だったのだろう。

だが。

ここまではっきりと攻撃的な口ぶりで話しかけられたことは記憶にない。あるいは、過去にリリーと会話をした際、いつも周囲にほかの誰かがいたからだったのかもしれないが。

何も言い返せず、ドレスの裾をきゅっとつかんだエレインを見て、異母妹が鼻で笑う。いつものかわいらしい笑い声とは違い、明らかにエレインを蔑《さげす》んでいるのだ。

「エレインお姉さまがほんとうに知りたいのは、なぜわたしがここにいるかということじゃなくて？　突然、妹が勝手に押しかけてきただなんてさぞや驚いたことでしょうね。それも結婚式を間近に控えての時期ですもの」

――何を言いたいのかしら。

どこか含みのあるリリーの物言いに、エレインは不吉な予感がしている。

まさか。

考えたくはないけれど、ヘリウォード王国は今になってエレインの結婚を取りやめさせようとしているのでは――

「そんなに不安そうな顔をしなくてもいいのよ、お姉さま。わたしは何も、お姉さまを連れ戻しに来たわけではないの。お母さまと一緒に、お祝いの品を届けに来ただけだわ」

「そ、そうだったの……」

かつて、ヘリウォードで暮らしていたころ。

エレインはお世辞にも表情豊かなほうではなかった。むしろ、無感動に生きていたと自覚している。

シスと出会って、笑い方を知った。

シスのおかげで、誰かと寄り添う喜びを知った。

シスがいてくれたから、毎日が幸福に包まれるのだ。

そんなエレインが、リリーの目には憎らしく映ったのかもしれない。

リリーにすれば、異母姉はいつも離宮に閉じこもって人目に触れない生活をしていた。彼女よりも華やかな立場にあったことはなく、哀れみの対象でこそあれ羨《うらや》むような存在になるはずがなかったのだろう。

――シスがいなかったら、今でもわたしは……

だが、それを言ったところでリリーの気持ちをなだめることにはならない。

エレインは、変わってしまった。

考え込んだ異母姉を前に、リリーがふっと表情を変える。

「今ごろ、お母さまはきっと陛下と謁見《えっけん》しているころでしょうね」

先ほどまでとは違い、まるで邪気のない笑顔だ。リリーが小首を傾げ、小動物のような瞳でこちらを見つめてくる。彼女の刺々しい本性を知っていても、思わず抱きしめたくなる愛らしさだ。

「お母さまったら、アレクシス陛下にはお姉さまよりもわたしのほうが似合いだと言うの。だってエレインお姉さまは、陛下より二歳も年上でしょう？　その点、わたしなら年齢も親の血筋も問題がないんですって」

その言葉に、一瞬で血の気が引く。

シスを疑っているわけではない。彼が自分を愛してくれているのはわかっている。

それでも。

大国ニライヤドの皇妃として、エレインよりもリリーのほうが相応しいと周りの人間が判断した場合、どうなるのだろうか。

皇帝とはいっても、彼はまだ若い。この国の歴史上、もっとも若い為政者だ。

周囲の大人たちの協力なくして、国を背負っていくことはできまい。無理を通してエレインとの結婚を断行すれば、今後の彼の立場が悪くなる。

「……お継母さまは、なぜ……今になって……」

「いやだわ、エレインお姉さまったら。今になっても何も、もともと先にわたしの縁談を進める予定だったのに、お姉さまが勝手に婚約されたのではなくて？　国と国の約定よりも先に、一国の王女が婚約前に殿方と懇《ねんご》ろになるだなんて、お父さまだって恥ずかしくて反対もできないでしょうに」

クスクスと笑うリリーの言葉は、いたるところに棘があった。

気がついていなかった自分が愚かだったのか。シスと結婚できるという事実に心踊り、周囲からどう見られるかなど考えていなかった。

気にかけたのは、自分という存在がシスの重荷になるのではないかと、そればかりで――父に恥をかかせることになるなど、エレインは思いもしなかったのだ。

「けれど、お姉さまの言うとおりね。今になって結婚相手を変更するだなんて、よほどの理由がなければできないことだわ。たとえば、お姉さまが病に倒れるとか、暴漢に襲われて傷物になるとか……」

不吉な発言をするリリーに、反論もできない。彼女はエレインをそういう目に遭わせると言っているのではなく、もしそうなった場合には結婚相手としての資質を失うと示唆している。

――それだけだと、信じたかった。

「そんなことにならないよう、気をつけるわ」

「ええ、わたしとしても母は違えど姉と呼ばれる立場の方が、哀れな人生を送るのは心が痛むもの。どうぞ、お気をつけてくださいませね」

言いたいことを言い終えたのか、リリーは挨拶もなしにエレインの居室を去っていく。

ひとりになったエレインは、両腕で自分の体を抱きしめた。きつくきつく、自分という存在がここにいることを確かめるように、きつく抱きしめていた。


その夜、宮殿ではヘリウォードから来訪した花嫁の母と妹のため、盛大な宴が催された。

自国ではそのような催しに招待されることのなかったエレインも、今宵は着飾ってシスの隣に座る。

ヘリウォードの王妃と王女のための宴と言いながら、これまでエレインが公式の場に姿を現さなかったため、多くの貴族たちがこぞって挨拶にやってくる。入れ代わり立ち代わり祝辞を述べにくる人々に、エレインは穏やかな笑みを浮かべて会釈した。

貴族たちは、この国の皇妃となる女性を物静かでたおやかな王女と思ったらしい。それを教えてくれたのは、最後に現れたトバイアスだった。

「アレク、急な宴で皆も準備が大変だったのではないか。今夜はあまり遅くならぬよう、おまえのほうから調整してやったほうがいい」

シスの従兄であるトバイアスは、結婚のお祝いを口にするのではなく、使用人たちを気遣う。見た目は怖いが、真面目なひとなのだろう。

「そのつもりでいるよ。それに、僕もあの王妃さまの相手はもうこりごりだ。妹姫の自慢話ばかりで、聞いているだけであくびが出そうだったからね」

人前では形式を重んじる彼らだが、周囲が賑やかな今夜は親しい従兄弟同士として話をしている。

「エレイン王女」

「は、はい」

突然名を呼ばれ、気が緩んでいたエレインは驚いた。トバイアスにとって、自分など目に入らぬ存在かと思っていたのだ。

「今夜の貴殿の美しさに、貴族たちはずいぶんと感銘を受けたようです。物静かでたおやかな、淑女のなかの淑女とまで言われていましたよ」

「畏れ多いことでございます」

エレインにすれば、おもしろい話のひとつもできるわけでなし、社交の場に慣れているわけでもなし。ただ、相手の話に相槌を打ち、微笑んでいるしかできることはなかった。

それよりも。

「これは一本とられた！　リリー姫は、愛らしいだけではなく聡明なのですな」

「まあ、ご冗談を。皆様、わたくしを持ち上げてどうなさるおつもりですの？」

広間の中央では、リリーを囲んで若い貴族たちが話に花を咲かせている。エレインは社交界を知らないが、華やかで話し上手のリリーが誰の目にも魅力的に映るのは確かだ。

――そう、お誕生日のお祝いの席でも、リリーはいつだってたくさんのひとに囲まれていたわ。愛らしくて、誰からも好かれる、わたしの妹。

「エレイン姫もお美しいが、リリー姫は可憐でいらっしゃる。ヘリウォードの王室は、これほどまでの美女をふたりも隠していたとは、罪深いことですよ」

盛り上がる人々を見つめ、エレインはふと息を吐く。

大国の皇妃となるには、誰の目にも地味な姉より社交的な妹のほうが適していると見えるだろう。それは事実だ。エレインとて、自分が異母妹に勝っている点などひとつもないと知っている。

昔から、リリーはそこにいるだけで周囲の賞賛を浴びた。それに引き換え、自分は――

「エレイン」

不意に、シスが彼女の名を呼ぶ。

「今日のドレスもとても美しいね」

「ありがとうございます、陛下」

リリーがもてはやされているのを見て、羨《うらや》んでいるとでも思われたのだろうか。自分を妻にと望んでくれたシス。彼を心配させてしまっただなんて、申し訳ない。

エレインは、なんとか笑みを取り繕う。

「ところで、僕の服装も褒めてくれるかい？」

「……陛下の、お召し物を？」

それは、シスの着ているものはいつだって一流の仕立て屋が作っているのだから、素晴らしいものばかりだ。

だが、今までそんなことを彼が言ったことはない。服装を褒めよとは、なんの気まぐれだろうか。

そう思ったエレインの目に、見覚えのあるものが映る。

「へ……陛下、そのクラヴァットは……」

丁寧に仕立てられた衣服とは別に、彼が首元につけているのは白いレースのクラヴァット。

見覚えがあるのは当然で、惑わずの塔に暮らしている間に、エレインが手縫いしたそれだった。

「ねえ、トバイアス。このクラヴァット、僕のお気に入りなんだ。似合うだろう？」

「アレク、唐突になんの話だ？」

「クラヴァットだよ。これはね、愛しいひとが僕のために作ってくれたものなんだ。しかも、彼女は奥ゆかしいひとでね、作っておきながら僕にわたすことなくしまい込んでいたんだよ」

たしかにシスのために縫ったものではあるが、それは彼の身分を知らなかったころの話である。

塔から出され、宮殿に部屋を与えられたのち、エレインはクラヴァットをわたさずにしまっておいた。皇帝陛下が身に着けるものではない、と。

「そうか、それはよかったな。アレクが幸せそうで何よりだ」

「ああ、僕は幸せだ。だから、今夜はこのあたりで部屋に帰ろうと思う。――皆、今宵は急な催しだったにもかかわらず、集まってくれたことに礼を言う。余の迎える美しき花嫁に喜びの盃を」

途中から、シスは玉座を立ち上がり手にしたグラスを持ち上げて話した。集まった貴族たちは、皇帝の言葉に背筋を伸ばし、シスが話し終えると彼同様に手に手にグラスを掲げる。

「美しき花嫁に、喜びの盃を！」

ニライヤドの貴族が酒に強いのか、あるいはどの国でも貴族というものはそういうものなのか。彼らはグラスの酒をそれぞれ一気に飲み干した。

「余とエレインはこれにて部屋に戻ろう。皆、心して王妃どのとリリー王女をもてなしてほしい」

そう言い残すと、シスはエレインの手を引いて広間を出る。

突き刺さるようなリリーの視線が気になったが、皇帝がすることに逆らうわけにはいかない。ましてや彼の国の貴族たちの目の前で、シスの面目をつぶすような行動は慎まなくては——

「ああ、疲れた。まったく、なぜ大人はああも宴が好きなのだろうね」

わざと少年らしく振る舞う彼は、自分をあの場から連れ出してくれたことは自明の理だった。

「シス」

「これだから、酒の場というのは面倒なんだよ。無礼講よりも、ふたりきりでゆっくり過ごすほうがエレインも好きでしょう？」

「シス！」

話をはぐらかそうとする彼の手を、エレインはぎゅっと握った。

「……そんな怖い顔をしても駄目だよ。もう部屋に戻ると宣言したのだからね。それに、このクラヴァットは僕のものだ。あなたがなんと言おうと返すつもりはない」

彼は、すべてをわかっている。

いつもながら、年若くしてシスはどれだけ慧眼なのだろう。

「……クラヴァットは、あなたに贈るつもりで作ったから返してくれなくてもいいの。でも、あまり人前に着けていくのはどうかしら」

皇帝が素人の作ったものを着用していたら、彼の趣味が疑われそうなものである。

「あなたはいつも自分を卑下しすぎだよ。裁縫は得意でしょう？　とてもよくできているじゃないか」

「仕立て屋の作るものにはかなうわけがないわ」

「大事なのはここだよ」

彼はそう言って、自分の胸元に手を当てた。

「エレインが僕のために作ってくれた。その気持ちが嬉しいんだ。だから、皆に自慢したくなる。僕の気持ち、わかってくれる？」

そう言われては、わからないとは言いにくい。ほかの誰でもなく、彼のためだけに縫ったクラヴァットだ。喜んでもらえたことを光栄に思わないはずがなかった。

「ふふ、もうわかってくれているみたいだね。頬が赤らんでいるよ。あなたはあまり多くを語ってくれないけれど、いつだって心が伝わる。その雄弁な瞳と、すぐに赤くなるかわいらしい頬でね」

「そ、そんなことないわ。だって、わたしはヘリウォードにいたころ、表情に乏しいと言われていたの」

笑うことも、ほとんどない生活だった。

毎日、決められた敷地のなかで許された行動だけを繰り返して生きていく。夢も希望もなく、将来を不安に思うこともなく、自分という存在の希薄《きはく》さに絶望することさえ忘れていた。

「それは僕と会っていなかったからだよ。エレイン、あなたは――……」

そのときだった。

突如、廊下を兵たちが駆けてくる。

「何事か！」

シスは厳しい声で、兵に向かって問いかけた。

「陛下、こちらにいらっしゃいましたか。緊急事態でございます。何者かが、北門より宮殿内に侵入したもよう。すぐに護衛と共に、安全な場所へお移りください」

「北門から？　あい、わかった。トバイアスが宴席にいる。彼に、我が婚約者を惑わずの塔まで送り届けるよう伝えよ」

緊迫した空気に、エレインは指先が冷たくなるのを感じていた。

夜更けの不審な侵入者が、危険人物でない可能性のほうが低い。なんらかの悪意を持つ者が、宮殿内に侵入してきているのだ。

「シス……」

呼びかけたエレインに、シスは少しだけ目尻を下げて頷く。

「だいじょうぶ。あなたのことは、必ず守るよ。僕もあとから行くから、惑わずの塔で待っていて」

トバイアスは、エレインを惑わずの塔に送り届けるとすぐに宮殿へと戻っていった。シスが心配なのだろう。

「……また、ここへ戻ってきてしまったわね」

エレインは、窓際に立ってひとりで夜空を見上げる。

シスのことだ。無事でいてくれるに違いない。多くの兵が彼を守っているのだから、きっとだいじょうぶなはず――

それでも。

彼は安全な場所にいると、自分に何度繰り返しても。

愛するひとの姿が見えないだけで、エレインは心弱くなる。

夜半を過ぎ、星の位置が変わるころになっても、シスはやってこなかった。

――何かあったのではないかしら。

募る不安に、エレインは塔を出て彼を探しにいきたい気持ちに駆られた。だが、トバイアスが宮殿へ戻る際、惑わずの塔の入り口には十名近い兵が配置されていた。

今、エレインが一階へ下りたところで、塔から出ることを彼らは許すまい。

ほかに出入り口のないこの塔では――

「！　そうだわ！」

そこまで考えたとき、エレインは思い出した。いつもシスが通ってきていた通路があることを。

急いで寝室へ移動すると、ドレスのままで寝台の下を覗き込む。床板が一枚だけはずれるのだと彼は言っていた。

「あった、これね」

床板の下は、真っ暗な穴になっている。指で探ると、梯子のようなものに気がついた。

――できることなんて何もないかもしれない。

無力な自分を、エレインはよく知っている。それでも居ても立ってもいられない。彼のところへ行きたい。

その一念で、エレインは真っ暗な通路へ下りていった。

梯子は短く、すぐに狭い通路に足がつく。エレインの身長でも、まっすぐに立つことができないほど天井が低い。

ドレスの広がった裾を両手で抱え、頭を低くして手探りに歩いていくと、また梯子だ。それを幾度か繰り返しているうちに、どこからともなくひとの声が聞こえてきた。

「――……しても、前の陛下が亡くなって以来、ずいぶん物騒になったものだな」

「そりゃそうだろう。アレクシス陛下は、他国との争いも辞さない覚悟だとかで、ずいぶん強引に事を進める。あの若さであれじゃ、将来が恐ろしい」

おそらくは、一階の出入り口を固める兵たちの声だろう。だとすれば、エレインは塔の内側を一階まで下りてきたことになる。

予想したとおり、そこから先は一本道だ。あとはこの通路を歩いていけば、宮殿に出るはず。

明かりのひとつもない、暗闇のなか。

ほんとうならば、何も見えないこの闇が怖くないはずがない。けれど、シスがいつもここを通って自分に会いにきてくれていたのだと思うと、恐怖よりも彼と同じ行動をしているのだという喜びが勝る。

宮殿まで、ずっと地下を行くことになるのだろうか。地面は土だが、壁や天井は補強がされている。王家のための、避難を想定した通路だ。危険はないと思うのだが――

「――……なのか？」

また、ひとの声が聞こえてきた。

だが、先ほどとは違って、彼らは声をひそめて話しているらしい。ところどころ、聞こえてくる声にエレインはなんとなしに耳を澄ませた。

立ち聞きをしたかったわけではない。

彼らの話から、今自分がどのあたりにいるのかを知りたかったのだ。

「そうだ。…………が捕まった。ここでは無理だという——……」

——捕まった？　侵入者のことかしら。

勝手に、話し声の主を兵たちだと思っていたエレインだが、何やら様子がおかしい。

「悪運の強い皇帝さまだ。だったらどうする。次は——」

「——……しかあるまいな。やはり、サウスロイヤルがいい」

「……によれば、皇帝陛下は——……らしいな。サウスロイヤルか」

「そこが皇帝アレクシスの墓場だ」

ぞくりと背筋が凍る。

まさか。

この声の主は、兵ではなく逆賊なのか。

「冷血の皇帝だなんて言われているのも、今のうちだ。我らの手で——……してやろう」

エレインは、両手で自分を抱きしめた。肌にじっとりと冷たい汗をかいている。地下通路を歩いてきたせいか、それとも恐ろしい会話を耳にしたせいか。

――サウスロイヤル……、聞いたことがあるような気もするけれど、地名なのかしら。

刹那、踏み出した足が石のようなものに当たり、エレインはバランスを崩す。

「きゃあっ」

「誰だ⁉　誰かいるのかっ」

頭上で、低い男の声。

彼らはエレインの存在に気づいてしまったようだが、こちらの居場所まではわかるまい。

――伝えなきゃ。シスに、このことを……

足首が痛んだが、歩けないほどではなかった。エレインは懸命に、暗がりを前へ前へと進んでいく。

ほどなくして、通路を向こうから誰かが歩いてくる気配を感じた。

シスだろうか。

――もし、シスでなかったら……？　この狭い通路では逃げ場がない。先ほどの男たちが地下へ下りる道を見つけて、わたしを探しにきたのではありませんように。

直後にはこらえられた足首の痛みが、次第に強くなってくる。

エレインは壁にもたれ、息を整えることにした。

「シス……」

聞こえてくる足音が、シスのものであることを強く祈る。

「……エレイン？　なぜこんなところに」

──ああ、シス！

手に燭台を持ったシスの姿が、地下道にぼんやりと浮かび上がった。

彼の姿が見えたとたん、エレインは走り出す。足の痛みなど、忘れていた。

「えっ、エレイン……!?」

自分からシスの胸に飛び込み、ぎゅっとしがみつく。

心臓の鼓動が、とくんとくんと規則的に聞こえてきて、彼が無事だったことが実感できた。

「よかった……。シスに何かあったらと思うと怖かったの」

涙声で告げると、彼が自由なほうの手で背を撫でてくれる。

「不思議だね。あなたはまだ、僕を好きだとも言ってくれないのに、こんなふうに抱きついてきてくれるだなんて。──嬉しいよ、僕のエレイン」

最後は声をひそめて。

彼は、エレインのひたいに唇を寄せる。

「そ、それは、だって……」

「別に、今言ってくれなくてもいいんだよ。結婚して、僕の妻になったその夜に伝えてくれるつもりなんだよね？」

甘い声が、地下道にぼんやりと反響する。まるで魔法のように、シスの声はエレインの心を震わせる。

彼だけが、いつも。


高窓から月光が差し込んでいた。

壁際に置かれた長椅子に座り、シスが優しくエレインを抱きしめる。黒く艶やかな髪を撫でる彼の手は、もう年下の少年とは思えない。

惑わずの塔へ戻ったふたりは、片時も離れることができないとばかりに身を寄せ合っていた。

「もう平気だよ。怯えることはない。夜がどんなに闇を深くしても、僕があなたのそばにいるのだからね」

――大人の男のひと……。シスは、もうわたしの知っていた少年ではないのだもの。

姿形が変わろうと、彼の優しさに変化はなかった。それこそが、エレインの愛したシスの本質である。

ならば。

小さく息を吸って、エレインは顔を上げる。

「シス……」

「なんだい？」

「わたし――……」

あなたを愛している、と口を開こうとしたところに、彼がそっと人差し指をあてがった。

「ねえ、エレイン」

空に浮かぶ月よりも鮮やかな金髪が、ふわりと揺らぐ。

「こんなに美しい月夜だというのに、今僕たちがここにふたりきりでいることを誰も知らないね」

「え、ええ、そうね……」

返事をしながらも、彼が何を言いたいのかわからずエレインは当惑した。

惑わずの塔は、ふたりにとって出会いの場所であり思い出の詰まった部屋でもある。

――たしかにふたりでいることは誰も知らないけれど、わたしがここにいることを兵たちもトバイアス殿下も知っているのではないかしら。

シスが何を言おうとしているかわからず、エレインは首を傾げる。

そんな彼女を見つめて、シスは優しく微笑んだ。

「だから、僕があなたを結婚式より前に抱いたとしても誰にばれることもない。そうは思わない？」

甘さと軽妙さを兼ね備えた声は、どこか冗談めいていながら、彼の瞳は情熱に潤んでいる。

その瞳に見つめられると、体の芯が震えるような気がした。

「それは、その……」

あの悦びの先を、知りたい。

そう思う気持ちがないとは言えなかった。

「僕だけの花嫁になってほしい。誰かにあなたを皇妃として認められるよりも、僕はあなたに夫として認められたいんだ」

今にも触れそうなほど近づいた唇が、あと一歩のところで距離を保つ。それがもどかしくて、彼にくちづけたくて、エレインの心臓が逸る。

わたしも同じ気持ちよ、と言うのは簡単ではない。否、実際に口にしてみたらそれほど難しいことでもないのかもしれないが、今は声を出すだけで胸がつぶれてしまいそうだ。

それほどまでに、彼を愛している。

愛情がじわりと全身に滲んでいく感覚に、エレインはただうっとりと若き皇帝を見つめていた。

返事を声にできないなら、言葉ではなくキスで伝えればいい。

──シスなら、わかってくれるでしょう……？

そっと顔を傾けて、彼の唇に自身の唇を重ねてみる。

一瞬、体を硬くしたシスがすぐに強くエレインの背を抱きしめた。

言葉よりも確実に想いを伝えるものがあるとすれば、それは──

いつしか、くちづけは深まっていく。濡れたキスは温度を上げて、シスの手がドレスのリボンをほどいたときにも、エレインは抵抗することなく彼に身を寄せていた。

「あなたに触れたい」

消えそうなやわらかい声で、彼が囁く。

「触れて……」

そう言って、エレインはシスの頬に指先を這わせた。

「いいの？　今夜はきっと、途中でやめてあげられないよ」

くすぐったげに、伸びをする子猫のように目を細めたシスが愛しい。

「シスにだけ、触れてほしいと思うの。この気持ちはいけないもの……？」

「まさか。いけないことなんてないよ。あなたは、僕だけの花嫁だ。そして──僕が、生まれて初めて自分で選んだ、大切な存在だから」

どちらからともなく唇を重ねる。その温度が、そのやわらかなせつなさが、キスは唇だけではなく心を重ね合わせる行為なのだと思い出させてくれる。

「選んでくれてありがとう、シス」

心から、そう思った。

彼に望んでもらえる自分でありたい。彼のそばにいつまでもいられますように――

不意に、彼がにっこりと微笑む。相変わらず天使のように美しい。しかし、そこに甘い悪魔の誘惑がうっすらと見え隠れするのは気のせいだろうか。

「じゃあ、こっちに来てくれるかい？」

シスは、エレインの手を引いて自分の太腿を跨がせる。

「こんな格好を……あの、みんなするものなのかしら……？」

知識はなくとも、恥じらいはあるのだ。

エレインは夫となる相手を跨いで、長椅子のうえで膝立ちする。ドレスは乱れ、コルセットの締め紐がほどかれていた。

「そうだよ。こうして、あなたのいちばんか弱い部分で僕を受け入れるんだ。そうして、ふたりの心を擦り合うんだよ」

めくられたドレスの裾から、白い腿が覗く。内腿にシスの手が触れた。

「ぁ……っ」

びくん、と腰が揺らぐ。

柔肌をなぞる彼の指は、迷いなくエレインの中心へ向かっていた。

「ああ、なんて美しいんだろうね。あなたは僕の月の光だ。エレインわかる？　ここに——」

下着をずらし、シスが脚の間を指でたどる。

「っっ……、あ、あっ」

指腹を濡らす蜜が、自分の体からあふれたものだとわからないほど初心ではいられない。

何度も彼に触れられた体は、悦びを覚えている。

「ここにね、僕を入れるんだ」

「シスを……」

「見ても怖がらないで。あなたがほしくて、僕の体は猛ってしまうのだからね」

彼の手の感触が消える。シスは、トラウザーズをくつろげている最中だった。

——……怖くないわ。だって、あなたにならわたしはすべてを奪われたいと思っているんですもの。

薄く涙のにじんだ瞳に、突如として凶暴なものが映り込む。

刹那。

エレインは息を呑んだ。

美しいシスの体につながっているとは思えないほど、ひどく反り返るものが飛び出してきたのだ。

「シス、あ、あの、それを……」

先端は透明な雫でぬらりと濡れている。太く逞しい幹は、彼の白磁の肌とは質感から色から違っていた。

何より、先端は破裂しそうなほどに張り詰めて、傘のように張り出しているではないか。

――そんな大きなもの、入らないわ。

まだ受け入れぬ空洞が、ざわりと収斂する。

「これを、あなたのなかに挿《い》れさせてもらうよ、僕の花嫁」

「っ……、い、痛い……、もうこれ以上は……っ……」

彼の剛直を半分ほど受け入れたところで、エレインはついに音を上げた。

愛情があれば耐えられる。

そう思って痛みさえも受け入れてきたけれど、腰が今にも逃げを打ちそうになっていた。

「ああ、かわいいエレイン。涙目になっているね。だけど……僕はあなたを離してあげられそうにない。ごめんね」

シスがエレインの細腰をつかんで、少しつらそうに微笑む。そのひたいに、うっすらと汗の粒が光っている。

「だ、だけど、ほんとうにもう……」

重い痛みと、甘い疼き。

どちらも感じているものの、膨らんだ切っ先で押し広げられた内部は切なくて。

「お願い、今夜はここまでにして……」

懇願する声が涙に濡れている。

それを聞いたシスの昂ぶりが、いっそう力強く脈を打った。それだけで、慣れない粘膜がひりひりと痛む。

「だったら、エレインが自分で抜くことができたら終わりにしようか。抜けるならの話だけど」

意味ありげな言葉に、わずかな疑問を感じる。

いい、抜けるなら？

だが、この痛みから解放されるためならば多少の苦難も仕方あるまい。エレインはぶんぶんと首を縦に振った。

「ぬ、抜けるわ。わたしがちゃんと……」

彼の肩に両手を置き、エレインは長椅子の座面についた膝に力を込める。

その瞬間。

胸元に濡れた刺激が走った。

「ぁ……、あ、あっ……」

上半身を前に倒したシスが、胸の頂に舌を躍らせたのだ。

甘い悦びが胸から腰へと伝わっていく。すると、隘路がきゅうと収縮した。密着するふたりの体が淫靡な熱を持つ。

「ほら、抜きたいんでしょう？　ちゃんと腰を上げないと抜けないよ」

言いながら、彼はちゅっちゅっと音を立てて胸の先をしゃぶった。

「だ、だって……」

「いいのかな、抜かなくて」

意地悪で魅力的な声に、エレインは再度意を決して腰を上げようとする。

しかし、力を入れた時を見計らって、シスが胸への愛撫を強めてくる。そうなると、膝はがくがくと震え、彼の劣情から逃れられないのだ。

「や、駄目、駄目ぇ……」

甘い泣き声を漏らすエレインを見上げて、シスが艶冶《えんや》に笑む。

はからずも、必死につながる部分を引き離そうと腰を上げては彼の与える悦びに腰を下ろす、その動きが男女の営みそのものになっていた。

「エレインは僕よりもお姉さんなのだから、決めたことはしてくれないと困るな。ちゃんと抜くと言っていたのに、どんどん深くつながっていくのはどうしてだろうね？」

彼の言うとおり、エレインの体はシスを受け入れ始めている。

先ほどよりも深く埋まった楔を、か弱い粘膜がきゅうと締めつけた。その形を、質量を直《じか》に感じて、エレインは腰から這い上がる甘い痺れに肩を揺らす。

「んっ……抜けな……いっ……」

「困ったね。抜けないなら、もっと奥まで貫いてしまおうか」

「やぁ……っ……、あ、あっ、シス、駄目ぇ……っ」

「それとも、あなたが腰を振ってくれるの？　いくらでも協力するよ。ほら、こうして——」

またも、シスが胸の先を舌であやす。

今度は胸だけではなく、彼を受け入れる蜜口のあたりを指でまさぐりながら。

「あ、あっ……！」

ずぶ、とエレインの体がシスを呑み込む。目一杯に広げられた蜜口が、あふれるぬめりで滑りをよくした。

それを知っているのか。シスの指は、媚蜜をすくいとって花芽を探る。

「ここを転がしながらだと、もっと僕を食べたくなるんじゃないかな」

とろりと蜜をまぶされて、エレインはもっとも感じやすい部分を指で転がされていた。彼を締めつける隘路《あいろ》が、いっそう引き絞られる。けれど、それは自分を穿つ楔を押し返すのではなく、奥へ奥へと誘《いざな》ううねりだった。

「っ、は……あ、あっ、駄目……っ」

今にも、ふたりの腰と腰が密着しそうなほどに、エレインはシスを咥えこんでいる。

「往生際の悪い王女さまだ。だったら、最後は僕が奪ってあげる。さあ、エレイン。舌を出して。僕にキスをねだってごらん」

頭がぼうっとして、何も考えられない。

彼の熱が、体の内側からエレインを溶かしてしまうのだ。

「シス……シス……」

言われるままにキスをねだり、エレインは両腕で彼の首にすがりつく。

そして。

シスの腰が、長椅子のうえでぐいと突き上げられた。

「っっ……ん、あ、ああ、あ――……」

最奥に当たるその熱が、エレインの純潔を散らす。完全に彼のもので埋め尽くされて、エレインは泣きながらがくがくと腰を震わせた。

第五章　年下皇帝の溺愛花嫁

宮殿に併設された聖堂には、外からでもわかるほど多くの人々が集まっていた。ざわめきと人いきれを感じて、エレインは小さく息を吸う。

今日この日。

エレインは、ニライヤド帝国皇帝であるアレクシス陛下の妻となるのだ。

聖堂の扉の前には正装した兵が並び、皇帝陛下の花嫁となるエレインをじっと見つめていた。

静謐《せいひつ》さを感じさせる高い天井に、大陸に残る神話をモチーフにした美しい絵。これは、聖堂内も同様だ。

「エレインさま、ご準備はよろしゅうございますか？」

楽隊のヴァイオリンが優しい旋律を奏でるのが聞こえてきて、エレインは小さく頷いた。

純白のドレスは細身の体をいっそう美しく飾り、この日のために取り寄せた海外のレースを使ったヴェールがエレインの顔を隠している。手にしたブーケは長いリボンがあしらわれ、結い上げた項《うなじ》が風もないのにひりつく緊張感。

——わたし、ほんとうにシスのお嫁さんになるのね。

視界をヴェールに覆われたまま、エレインはまっすぐ前を見つめる。

騎兵たちの手によって、聖堂の扉が左右同時に開く。

参列者たちが一斉に入り口へ顔を向けた。

聖堂の中央を祭壇に向かって続く花嫁のための道に、エレインはゆっくりと一歩踏み出した。

一歩、また一歩。

その先に、麗しい花婿が待っている。

純白の結婚衣装を纏う彼は、神々しささえ感じさせる。高い位置にあるガラス窓から入り込んだ日差しが、シスの金髪を輝かせていた。

あの夜——

ふたりが結ばれた、惑わずの塔での夜以来、シスはエレインに触れてくれなくなった。

痛みに泣いたことが原因なのか、あるいはエレインを気遣って途中で行為をやめたことが原因なのか。

どちらにせよ、シスはエレインを抱こうとはしなくなっていた。

——でも、結婚したからにはこれからは……

あの行為こそ、この国の世継ぎを孕むために必要なもの。皇帝ともなれば、子を成さぬ理由はない。

それでも、エレインは少しだけ不安だった。

彼が自分に飽きてしまったのではないかと思うと、泣きたくなる。

――いけないわ。神の御前だというのにわたしったら。集中しなくてはね。

神の前で誓いを終えたシスとエレインに、参列者から大きな拍手が湧き上がる。それを聞いて、エレインはやっと我に返った。

聖書を手にした白髪の司祭が、穏やかに目を細める。

「陛下、花嫁に誓いのくちづけを」

その言葉に、シスが頷いた。祭壇の前で向き合うふたりは、誰の目にも初々しさにあふれた新婚夫婦だった。

ヴェールがめくられ、触れるだけのキスが唇に落とされる。

「ん……っ……」

くすぐったくて、愛しくて、けれどひどくもどかしくて。

ふたりきりのときの、濃厚なキスとは違う。だが、違っているからこそもっと彼がほしくなる。

「愛してる、エレイン。あなたさえいてくれれば僕は世界を相手にしても戦うことができるんだ」

「シス……!」

そして、もう一度。

シスがエレインの唇を甘く塞いだ。今度は先ほどよりもしっかりと唇を押し当ててくる。

――わたしは、シスの花嫁になった。もう一生、彼から離れられない。離れたくない……

それは、生まれて初めて感じる感覚。

自分が、自分ではない誰かのためにここに存在している。存在していてもいいのだと、愛されているのだと実感するくちづけに、エレインは眦から涙がこぼれるのを感じた。

「エレイン、心配しないで。すべてを僕に任せてくれてかまわないんだ」

キスを終えた彼の唇が、甘い余韻に浸るエレインの耳元に寄せられる。

「心配……?」

「そう。今夜は、あの夜より怖くない。だいじょうぶ、前回よりも痛くないよ。あなたにもっと悦びを教えてあげる。ふたりで幸せな夫婦になろう」

あの夜という単語に、エレインの体が痛みと悦楽を同時に思い出した。腰の奥に甘く疼くのは、彼を受け入れたときの感覚だ。

「ふふっ、もう期待してくれているの？　頬が真っ赤だよ、奥さま」

このうえなき美貌の皇帝は、幸福を凝縮した笑みを浮かべてエレインを抱きしめた。

◆　◆　◆

日が落ちて、エレインは侍女たちにドレスを脱がされる。長年彼女の側仕えをつとめるメリルが筆頭となって、初夜の準備が着々と進められていた。

入浴後は、薄いレースのナイトドレスをまとい、エレインは夫の訪れを待つ。

けれど、このナイトドレスはあんまりではないだろうか。体の線が、すべて透けて見えてしまうのだ。

――こんな格好、シスにはしたないと思われたらどうしましょう。

そう思っていた矢先、シスが入浴を済ませて寝室へ戻ってきた。ここはいつものエレインの寝室ではない。皇帝のためだけの寝室――つまり、今はシスが使っている部屋だ。

「エレイン、やあ、これはこれは……なんとも扇情的なナイトドレスだね」

花嫁を前に、シスは目を細める。

「あ、あまり見ないで。恥ずかしい……」

婚礼衣装のヴェールと同じくらいに、透明感のある素材でできたナイトドレスだ。裸でいるよりも恥ずかしい気がするのはなぜだろう。

エレインのそんな気持ちを察したのか、シスは壁にもたれて腕組みをするとささやかな提案があると言い出した。

「そんなに恥ずかしいなら、脱いでしまったほうが安心するのではないかな」

一瞬、言葉に詰まる。

裸のほうがましかもしれないと、エレイン自身も思うところがあったためだ。

だが、冷静になって考えれば、どう考えても全裸のほうが恥ずかしい。一度は体をつないだとはいえ、すべてをさらけ出したわけではない。まだ、彼に生まれたままの姿を見せたことはないのだ。

「返事がないみたいだね。だったら、僕はそのナイトドレスを着たままのあなたを抱くことにしよう」

カツ、と彼の靴の踵が鳴る。

一歩、また一歩。シスが寝台に近づいてきた。

「ま、待って。気持ちの整理を……」

「駄目だよ。冷静になんかさせない。僕はこんなにあなたを好きで、今にも狂ってしまいそうなほどなんだ。エレインだけ、冷静になるなんてずるいじゃないか」

美しさとは、狂気に似ている。

シスの甘いまなざしの前には、レースのナイトドレスなぞあってなきがごとき代物だ。

「……わかったわ。だから、少しだけ向こうを向いていて……」

彼の目を避けて、エレインはすべらかな肌からナイトドレスを脱ぐ。ひどく心許ないのに、同時に胸が高鳴る自分を止められない。

愛されることの悦びが、彼女に期待という言葉の意味を教えてしまう。

「美しいよ、エレイン。あなたは僕が今まで見たどんな絵画よりも、どんな景色よりも美しいんだ。ああ、我慢できそうにない……！」

両腕で体を隠すエレインの手を、彼が強引に左右に広げる。乳房が空気に触れ、エレインは目を伏せた。

「ん、んっ……」

シスが甘い吐息を漏らし、エレインの胸に吸い付く。否、それはもうむしゃぶりついていると言ったほうがいいかもしれない。

いつも上品な彼が、まるで飢えた獣のように我が身を食い尽くしていくのを、エレインは感じていた。

『だいじょうぶ、前回よりも痛くないよ』

シスはたしかにそう言った。

だが。

「あっ……あ、あっ、やぁ……っ！」

嬌声をあげるエレインには、痛みどころか快楽だけが押し寄せてくる。彼を受け入れて広がった蜜口は、悦びにぐっしょりと濡れていた。

「待っ……シス、こんな、あっ、あ、いやぁ……」

寝台を軋ませる、シスの激しい腰づかいのせいなのだろうか。初めてのときとは体勢が違うから、こんなに感じてしまうのだろうか。

仰向けに寝台に横たわるエレインを、シスの体が楔でつなぎとめる。ずんっ、ずんっと突き上げられるたび、体の奥深い部分から甘い痺れがこみ上げてくるのだ。

「いやじゃないでしょう？　ねえ、エレイン。こんなに濡らして僕を受け入れてくれているのに、気持ちよくないのかな？」

金色の前髪がこぼれて、その下でシスが得も言われぬ笑みを浮かべる。

全身が震えるほどに、彼の与える悦楽は激しくて。

「ち、違うの、わたし、こんな……ああっ……！」

「違わない。あなたは今、僕に抱かれて女性としての悦びに目覚めはじめているんだよ」

これが、女性としての悦びだというのならば、相手がシスだからこそ感じられるものだ。

ほかの誰にも、触れられたくなどない。

シスにだけ、心も体も許すことができる。

「なんてかわいらしいんだろう。僕を締めつけて、嬉しそうにあなたの体が震えている。ねえ、エレイン。気持ちいいと言ってよ。そうしたら、もっとあなたを感じさせてあげる」

ひときわ奥まで貫いて、シスが夢見るような声で懇願した。

「は……っ……、あ、あっ、シス、怖い……っ」

快楽が、これほどまでに脳を冒すことをエレインは想像もしていなかった。

彼が最奥まで埋め尽くすたび、背骨を伝って脳まで狂わされてしまう。悦びだけが、全身を駆け巡る。

「怖くないよ。僕が守ってあげる。世界中のすべてから、あなただけを守るんだ。こうして、永遠にあなたのなかに僕を埋め込んで、誰の目にも触れさせず、僕だけを求める妻に仕込んであげるから」

それは、狂気にも似た溺愛だった。

なぜ彼がこれほど自分に固執するのか、エレインは知らない。孤独な王女がよほど珍しかったのか、それとも彼の身分を知らない女と出会ったことがなかったのか。

——だけど、もう理由なんてどうでもいい。

エレインは愛しいひとを見上げる。

潤んだ瞳に、シスだけが映っていた。

「気持ち……いいの……っ。シスが、わたしのなかをいっぱいにして、心も体も、全部シスしかわからなくなる……」

「ああ！　そんなにかわいらしいことを言うだなんて……」

彼の楔が、いっそう張り詰める。

エレインの内側で縦横無尽に暴れる灼熱が、びくんと脈を打った。

「今夜からは、毎晩あなたのなかに僕を注ぐからね。そうすることで、エレインは僕の子を孕むんだ。あなたを犯して、あなたを愛して、あなたを孕ませる。なんて甘美なんだろう、この恋は……」

短い呼吸を繰り返し、シスが激しさを増す。

彼のひたいから、汗が滴っていた。

繰り返される悦びが、エレインを快楽の果てへと押し上げようとしている。初めての感覚に、

エレインは知らぬうちに自分から腰を振って、シスの愛情を搾り取ろうとしていた。

本能のままに、ただ愛を求めて。

「シス……、いいの、おかしくなってしまいそうなほど、あっ、あ、あ、気持ちいぃ……っ」

「僕もだよ。もう……もちそうにない。エレイン、いい？　あなたのなかに、すべてを注ぐからね」

「来て、シス……っ」

びゅく、と最初の飛沫が深奥を打つ。

吐精の間も、シスの腰はまったく止まる気配がない。それどころか、より深い場所ですべてを注ぎ込もうと、エレインに腰を密着させてくる。

「ぃ……っ……、あ、あ、駄目、もう、わたし……っ」

つま先が敷布に食い込んでいた。

彼の背にまわした腕が、ぶるぶると震える。枕のうえで波を打つ美しい黒髪は、エレインの感じる悦びに呼応しているようにさえ見えるだろう。

「ああ……！　まだ出るよ。エレイン、もっと、もっと僕を搾り取って……！」

彼の愛情をたっぷりと注がれて、エレインは目を閉じる。

まぶたの裏で、ぱちんと光が弾けた。

それはまるで孤独な世界の終わりのように。

それはまるで、彼と生きる世界の始まりのように——

◆　◆　◆

「——シス、ここは……？」

結婚から一夜明けた翌日、足腰に力が入らない花嫁を着飾らせ、皇帝は馬車で遠出をした。

正しくは、遠出ではなくささやかな新婚旅行である。——ということを、エレインは知らなかった。

「ここは聖なる楽園の南に位置する宮殿。正式名称が長いから、皆はサウスロイヤルと呼ぶことが多いようだね」

楽園の南というのは、中央の宮殿を楽園と見立ててつけられた名前だろう。

海辺にあるその建物は、王族のための別邸らしい。ただし、別邸とはいえど大国ニライヤドの王室御用達である。エレインの暮らしていた離宮に比べれば三倍ほどの広さがありそうだ。

見とれるほど美しい景色を前に、エレインはうっとりと目を細め——かけて、ハッと顔を上げた。

サウスロイヤル。

それは、あの夜に地下道を歩いていたとき、聞こえてきた言葉ではなかったか。

「どうかしたかい？」

言葉を失うエレインが、景色に感動しているのではないことを察したのか、シスが心配そうに顔を覗き込んでくる。

「シス、ここがサウスロイヤルなの？」

「そうだよ、愛しいエレイン。あなたはここで、僕とふたりきりの新婚旅行を楽しむんだ。夜中愛し合って、朝になっても寝台から起き上がらず、目が覚めるたびに僕を求めてくれる？」

甘い囁きは魅力的だが、怪しげな一団がこの地の名を口にしていた。エレインは、それをシスに伝えなければと慌てて彼に歩み寄ろうとする。

しかし。

昨晩、さんざん愛されすぎた体は、持ち主の言うことを聞かなくなっている。膝ががくんと崩れ、エレインは倒れ込みそうになった。

「おっと、危ない」

すんでのところで、シスがエレインの体を抱きとめてくれる。

「シス、わたしが以前に惑わずの塔に通じる地下道であなたと会ったことを覚えている？」

彼の腕に抱かれて、エレインは懸命にあの夜の男たちの言葉を思い出そうとした。

「もちろん、忘れるはずがないよ。あなたを初めて抱いた夜のことだね」

「そっ……それは、置いておくとして」

「なぜ？　僕はこれから、このサウスロイヤルで昼夜問わずあなたを抱き尽くすつもりなんだよ。ねえ、エレイン。せっかくの新婚旅行だというのに、夫のお願いを聞いてくれないのかい？」

そういう問題ではないのだが、愛のこもったまなざしを向けられると体の芯が熱くなる。

――違う。そんな場合ではないのに。

エレインが言葉を探していると、シスが花嫁をふわりと抱き上げた。

「さあ、積もる話はあとだよ。まずはあなたにこのサウスロイヤルを案内したいんだ。けれど、最初に寝室を見せてあげるのは危険かもしれないな。だって僕は――」

そこでいったん言葉を区切ると、シスが耳元に唇を寄せてくる。

「今すぐに、あなたがほしいから」

かすれた声が、エレインの鼓動を速めた。

うなじがぞくりとして、もとより力の入らない足腰に甘い痺れが広がっていく。

「シ、シス……、人前でなんてことを……」

馬車を降りたばかりのふたりの周囲には、兵から侍従、そして侍女たちも揃っているのだ。

「気にすることはない。皆、僕たちが新婚だということをわかっているのだからね。新婚夫婦の務めは、一日でも早く子どもを作ることだ。僕は、あなたのためなら協力を惜しんだりはしない」

なんの宣言かと言いたくなるところを、エレインはぐっとこらえて彼の首に抱きつく。

これ以上、赤面する姿を使用人たちに見られるのは避けたかった。

◆◆◆

「あっ……、駄目よ、待って！　シス、お願い、大事な話があるの」

夕暮れの寝室で、エレインは背後から抱きすくめられて両胸を彼の大きな手に包まれる。

早めの食事を終えたあと、人目のないところで話をしたいと申し出ると、シスは笑顔で頷いた。

もちろん、あの不審な男たちの会話を彼に教えたかったのだ。

――ふたりきりになりたいというのは、こういう意味ではないのに……！

けれど、シスはエレインのドレスを脱がせ、下着のうえから疼きはじめたところをなぞっていく。

「大事な話？　それは、僕に愛されるよりも大事なことなのかな。ねえ、エレイン。あなたは僕の花嫁だよ。夫に愛されるよりも大切なことなんて、今のあなたにはないと体に教えてあげなくてはね？」

コルセットがはずされると、抵抗は意味をなさなくなった。普段は穏やかで美しい芸術品のような彼が、エレインを抱くときだけ雄《オス》の容貌《かお》を見せる。今もまた、シスは激しい慾望でエレインを貫いた。

寝室の扉に彼女の背をもたせかけ、シスは立ったままでエレインの奥を穿つ。

「や……っ……、どうして、あっ、こんな、寝台がすぐそばにあるのに……」

彼女の言うことはもっともである。

数歩先に、豪奢な天蓋つきの寝台がある寝室だ。

「どうしてだって？　わかっていないんだね。あなたがどんなに魅力的か。僕は、花に誘われるミツバチのように、あなたの蜜だけを求めておかしくなるんだよ」

じゅぷじゅぷと、はしたない蜜音が夕陽に照らされた室内に響く。

突き上げられるたび、エレインの豊満な乳房が揺れて、シスの胸に甘くこすれた。

「エレインのなか、どんどん僕の形に馴染んできているね……。ああ、こんなに吸い付いて、僕を搾り取ろうとしているのかい？」

快楽が、ふたりの理性を壊してしまう。

──駄目よ、伝えなくては。シスの身に危険が……

必死に言葉を紡ごうとするものの、わななく唇では要領を得ない。

「サウスロイヤルに、あっ、あ、んーっ、危険、ああっ、シス、お願い……っ」

「あなたは心配性だな。僕に抱かれていても危険だというの？　それとも、僕に抱かれておかしくなってしまうのが怖い？」

「違……っ……、あ、シス……っ」

くずおれそうになる体を、シスが抱きとめてくれる。けれど、彼に体重を預けるとそのぶん埋め込まれた楔を強く感じてしまうのだ。

逃れられない、甘い悦楽。

日が沈み、シスがその日三度目の精を放ったところで、エレインは意識を手放した。

◆◆◆

カーテンを開けたままの窓から、きらめく星々が見える。

寝台に愛しい花嫁を横たわらせ、シスは彼女の髪を撫でる傍ら、宮殿から見るのと少しだけ異なる星空を見上げた。

――こんなにきれいな星空も、あなたがいなかったらなんの価値もない。

なぜ、これほどまでに彼女だけが愛しいのか。

枢密院にエレインとの結婚の許可をとる際、古狸たちはシスに向かって「陛下はまだお若い」「美しい女性も愛らしい女性も、エレイン王女でなくともいくらでもいる」と説得しようとした。

だが、彼は屈しなかった。

冷血の皇帝、冷酷非情の独裁者と呼ばれてなお、シスは己の道を歩む足を止めることをせず、エレインとの結婚が許される日まで突き進んだのだ。

「……きっと、あなたは知らないんだろうな。僕が、どれほどエレインに救われたか」

健やかな寝息を立てる彼女が、小さく「ううん」と声をあげる。

彼女は、この国でただひとり、シスを特別扱いしなかった女性だ。

幼いころから皇帝の息子として、そして類まれなる美貌の持ち主として、シスはもてはやされて育った。同時に、彼の父親はそんな息子をよく思っていなかった。

母と過ごす時間はほとんど与えられず、シスは乳母や教育係の女性に囲まれて育ったといっても過言ではない。

彼女たちは優しかったし、母同様の愛情を注いでくれたように思うのだが、同様であっても母ではない。

年頃になってからは、十八歳まで結婚の約束をしてはいけないことを盾に、シスを誘惑しようとする女性もいた。片手の指では数えられない程度にはいたように思う。

その誰もが、シスの肩書や外見に引き寄せられたのであって、彼の孤独を共有できる女性はいなかった。

惑わずの塔に出向いたのは、ただの好奇心だったというのに、気づけばシスは心のすべてをエレインにとらえられていた。

囚われの身だったのは彼女だが、心を奪われたのは自分のほうだ。

「それにしても――」

薄いまぶたにくちづけをして、シスは妻の寝顔をじっと見つめる。

「まったく、あなたに心配をかけるなんて僕はいつまでも年下の少年のままだというのかな」

そろそろ、夫として見てくれはしないかい？

そんなひとりごとをつぶやいたことを、エレインは知らない。彼女は今、愛されすぎて疲弊した体を休め、心は夢の国を彷徨っているのだから。

◆　◆　◆

——結局、わたしの思いすごしだったのかしら。

サウスロイヤルに滞在してから、数日が過ぎた。

初日は伝えそこねたけれど、エレインは無事に不審者たちの会話をシスに説明することができた。ただし、どこの誰が話していたのかわからないこと、ほんとうにシスを狙っているのか判断できないことなど、彼はいくつも理由をつけて「とりあえず、僕たちは新婚旅行を楽しむべきだと思う」と断言した。

心配をしすぎている自覚はある。

シスという個人が、他者の恨みを買っているとは考えたくないが、ニライヤド帝国の皇帝という立場上、彼を憎く思う人間は数え切れないのだろう。

そして、シスはそういう生活に慣れている。あるいは、ずっと命を狙われるような毎日だったのか。

短い新婚旅行が終わろうとしている今、何事もなく平穏無事に過ごせていることで、エレインもあの会話のことを思い出さなくなってきていた。

時折思い出すのは、リリーの刺々しい言葉。結婚式当日に、ニライヤドまで来ておきながら参列せずに返った継母のこと。

父であるヘリウォード国王は来てくれていたが、エレインに対して父と娘の会話はなく、形式張った挨拶があっただけだ。

自分は、あの国には居場所がなかったのだということを再度認識するばかりの出来事だ。

「エレインさま、お帽子を」

明日には、宮殿へ帰ることになっている。

皇帝であるシスが、長らく留守にすることはできない。それを思うと、この数日ふたりきりで過ごすために時間を割いてくれたことにお礼を言っていなかった。

「ありがとう、メリル」

外出の準備を整え、最後に花の飾りがついた帽子をかぶると、エレインはサウスロイヤルの階段を下りていく。

少し早く来すぎただろうか。まだシスの姿はなく、馬車の準備も終わっていなかった。

「皇妃さま、申し訳ありません。ただいま、急いで支度を整えておりますゆえ――」

頭を下げる御者に、エレインは微笑んで首を横に振る。

「謝ることはありません。わたくしが、早すぎたんですもの。せっかくですから、周囲を散歩してまいります。急がず、支度をお願いいたしますね」

「はっ！　ありがとうございます」

御者との短い会話を終えると、エレインは厩舎のほうへ足を伸ばした。

メリルが同行を申し出てくれたが、たまにはひとりでのんびり歩きたいと言って、彼女にはシスが来たら散策をしていることを伝えてくれるよう頼んだ。

——なんて美しいところでしょう。

中央宮殿に比べると、周囲に民家が少ないぶん、遠くまで見渡すことができる。青々とした森や、その合間にきらめく湖、そして南側には海岸線が広がっていた。

厩舎側には使用人たちもおらず、エレインは石畳を鳴らす自分の靴音を共に進んでいく。馬の嘶きが聞こえて、かつては馬車すらろくに乗ったことがなかったことを思い出す。

ニライヤドへ来るまで、外出などほとんどしたことがなかった。否、ニライヤドへ来てからも長らく塔に幽閉されていたのだが、シスが連れ出してくれて以降は、彼のおかげで自由に暮らすことができる。

この生活は、すべて彼が与えてくれたものだ。

——それなのに、わたしはシスに何を返してこれたかしら。

愛を交わす行為は、彼に捧げているというよりもシスのほうがエレインに奉仕してばかりの気がする。彼は自分の快楽を追い求めるより、エレインを感じさせることに夢中だ。

そういえば。

ふと足を止めて、エレインは口元を羽扇で覆う。

『結婚した暁には、あなたのかわいらしい唇で僕を好きだと言ってもらうからね』

かつて、惑わずの塔でシスはそう言った。それ以降も、彼はエレインに愛の言葉を数限りなく囁いてきている。

――わたしは、まだ伝えていないわ。

エレインは、自分が何よりも大切なことをシスに告白していないと気づいて目を瞠る。

無論、行動から彼は愛されていると知っているのかもしれない。愛がなければ、彼を受け入れることもできないのだ。

「駄目ね。きちんと言葉にして伝えるべきだったのに。わたしったら、シスの優しさに甘えていたわ」

今夜、愛するひとに告げよう。

あなたのおかげで、自分は幸せだと。

あなたを愛したことで、こんなにも生きる喜びに満ちた日々を過ごせているのだ、と。

シスはどんな顔をするだろうか。それを考えるだけで、エレインの口元に笑みが広がっていく。

そのときだった。

「――……だからな。今日が最後で最高のチャンスだ」

「心して臨《のぞ》め、野郎ども」

どこかで聞いたことのある声が、エレインの鼓膜を震わせる。

しかし、周囲に人影はない。どこから聞こえてくるのかと、彼女は足音をひそめて厩舎に近づく。

馬の嘶きが大きく聞こえ、びくっと体を震わせる。

――ここだわ。

壁に背を寄せ、エレインは息を殺した。

「それにしても、サウスロイヤルで新婚旅行だなんて、皇帝さまもシケてやがる」

「オレたちから搾り取った血税で、いくらでも贅沢をしているのかと思っていたがな。まあ、まだガキだ。これから先、歴代の皇帝同様に民を足蹴にする気に違いない」

聞こえる声は、あの夜に地下通路で聞いたのと同じ男の声である。

――やはり、シスを狙っていたのね。

逸る心臓を押さえ、エレインは彼のもとへ戻ろうと思った。早く伝えなければ、シスの身に危険が迫っている。

だが、エレインが歩きだすより前に、風で帽子が飛ばされた。

あっと思ったときには、もう遅い。

厩舎の入り口を、帽子がふわりと横切っていく。

「誰だっ‼」

低く響く男の声に、エレインは凍りついた。

すぐに男たちが駆けてきて、エレインを取り囲む。全員が、腰に長剣を提げていた。

そのなかでも、リーダー格と思しき年長の男が剣を抜き、エレインの顎に切っ先をつきつけてくる。

「これはこれは、我らがニライヤドの皇妃さまではありませんか。こんなむさ苦しいところを、おひとりで散歩とは――ずいぶんと優雅なこって」

左目に黒い眼帯をつけた男は、右目だけをぎらつかせてエレインを睨めつけた。言葉こそ丁寧だが、彼らが自分をよく思っていないのが伝わってくる。

「野郎ども、これこそが今日の成功の予兆だ。皇妃がこちらの手にあれば、簡単には手出しできまいよ！」

男の言葉に、エレインは「違います！」と震える声で叫んだ。

「何が違う？　おまえは、皇帝自らが望んで娶った女だろう。皇妃さまさえ人質になってくれれば、余計な血を流すことなくこの革命を遂行できる。国と夫、おまえはどちらをとるつもりだ？」

答えによっては、この場で斬る――

男の声には、それだけの決意が秘められていた。

――国と、夫……？　それは、シスを選べば国が滅びるとでも言うつもりなの？

たしかに、彼は冷酷無比な面も持ち合わせているのかもしれない。だが、それはあくまで自分に楯突く人間に対して、あるいは国を脅かす敵に対してだ。

他国に乗り込んで領土を拡大しようとするほど、彼は征服欲の強い男ではない。ある意味では、その征服欲のすべてをエレインに注いでいるようにも思える。

だが、彼らにそれを説明するわけにもいかず、エレインは黙り込んでリーダー格の男を睨む。

「おやぁ？　黙り込んで、そんな熱いまなざしを向けてくださるたあ、こりゃ皇妃さまはオレを誘ってやがるのかねえ」

「勝手なことを……きゃあっ⁉」

反論しようとした矢先、男の剣先がエレインのドレスを裂いた。

「あのクソ生意気な皇帝陛下に、毎晩かわいがられているんだろう？　だがな、あんなガキにはまだ女の悦ばせ方なんぞわからんはずだ。どうだい、皇妃さま。オレたちがおまえに、ほんとうの男というものを教えこんでやろうか。生まれてくる子が、皇帝の子じゃあなくなるかもしれねえけどな」

下卑た発言に、吐き気がする。

賊軍には賊軍なりの誇りがあって、国に戦いを挑むものではなかったのか。こんなところで女相手に虚勢を張ることが、彼らのしたいことなのか。

「……わたしを汚す程度で、あなたたちの望みがかなうのでしたら好きになさるがいいわ」

脚が震えて、今にもしゃがみこんでしまいそうだというのに、エレインは男たちの前で強く言い放った。

「けれど、女を傷つける程度しかできないのでしたら、皇帝陛下に歯向かうのはおよしなさい。彼は、民の声に耳を貸さぬほどの愚帝ではありません。要望があるのなら、筋を通して――ひっ！」

やぶれたドレスを、近づいてきた背の低い男がさらに引きちぎろうとする。

「頭《かしら》ァ、この女、犯してほしいって言っているみたいだぜ」

「おい、そこらの商売女と一緒にするんじゃねえよ。一応、皇妃さまだぞ」

「突っ込んじまえば、女なんてみんな同じだろうが」

下品な男たちが、さも楽しそうに笑った。彼らにとって、エレインの啖呵《たんか》などひとつも心に届かない。

「ほれ、どうした、皇妃さま。いつもガキの相手ばかりしているから、大人の男を何人も間近に見て、興奮してんのかい？」

「ずいぶんな淫乱皇妃さまじゃねえか。いいんだぜ、いくらでも悦ばせてや――」

エレインが黙っているのをいいことに、男たちが次々に近づいていてはエレインの両手をとらえる。

「てめえら、遊んでんじゃねえぞ！」

地の底から響くような低音で、リーダー格の男が一喝すると、男たちは目を伏せた。

「オレたちの敵は国だ、皇室だ、皇族だ。そして皇帝陛下だ。すべての敵を燃やし尽くすまで、この歩みを止めることはできない。誓いを忘れたか⁉」

荒くれ者たちといえど、それをまとめる人間は、やはり一角の人物なのだ。

「皇妃さま、おまえさんがどう思っているかは知らないが、オレたちゃ皇帝陛下の悪政にはうんざりだ。血も涙もないやり方に、命がけで対抗する。最後のひとりになっても、決して諦めはせんぞ」

エレインは、知らなかった。

孤独だったとはいえ、彼女は食べるものに困ったことも、身内を理不尽に投獄されたことも、国と国の争いに巻き込まれたこともない。いつだって、あたたかな寝台と清潔なドレスと侍女たちに守られて生きてきた。

「――……では、教えてください。わたくしは、あなたたちが何に憤慨しているのかを知りません。この国が敵だというのならば、それなりの理由があってのこととお見受けします。国を、皇帝を弑しることがあなたたちの正義だというのならば、その正義を説くことです。暴力は、新たな火種を生み出すだけと言うのは、ただの綺麗事に聞こえるでしょうが――」

ほんとうは、助けを求めたかった。

話したこともないような荒々しい怒りをまとう男たちに囲まれ、ドレスを破られた屈辱に涙は頬を伝う。

愛するひとを殺そうとしている人間を前に、冷静でなどいられない。

それでもエレインは、彼らの声を聞こうと心を尽くす。

――シス、あなたはいつもこんな悪意をその体で受け止めていたの？　それなのに、あんなに朗らかに微笑んでいたというの……？

エレインの言葉に、男たちは顔を見合わせる。

「命乞いのつもりか？」

「いいえ、命乞いをするくらいならば自害する程度の矜持は持ち合わせています。けれど、それは今ではありません。わたくしは、あなたたちと同じひとりの人間として話をしたく思います」

震える声を必死に押し出す。喉に力を入れすぎて、胸郭が痛いほどだった。

生まれながらの悪人はいない。エレインはそれを信じている。神のもとに生まれた人間は、皆平等のはずだ。

「……あんた、いいお妃さまだな」

いちばん若そうな男が、ぽつりとそう言う。

「おい、バアル！　何をほだされてやがんだ！」

「ほだされたんじゃねえ！　今まで、ひとりでもこんなふうにオレたちに話をしろと言ってくれた役人がいたか？　皇族が話を聞いてくれたか⁉」

彼らには、彼らの正義がある。

エレインはごくりとつばを呑んだ。

「オレは、誰かを傷つけるために反逆軍になったわけじゃねえ。自分の家族を守りたかった。こんなふうに、女を傷つけるなんて貴族たちと変わらねえだろ！」

「貴族……たち……？」

エレインが目を瞠るのと、馬の蹄音が聞こえてくるのはほぼ同時だった。

「おい！　来るぞ‼」

男たちの目の色が変わる。

騎兵たちが、一気呵成にこちらへ向かってきたのだ。

――どういうこと？　先頭にいるのは……シス、それにトバイアス殿下も……⁉

少なくともトバイアスは、この地へ来ていると聞いていない。騎兵とて、この短時間であれだけの数を集めることは不可能だ。

ならば、シスは前々から今回の暗殺を知っていたのだろうか。

「貴様ら、余の妻に手をかけて生きて帰れると思うな！」

エレインの姿を確認したのだろう。シスが怒りに煮えたぎる声で叫んだ。その瞳は恐ろしいほどの冷酷さをたたえている。

このままでは、彼らは皆殺しにされる――

エレインは、持てるちからのすべてを込めて声を振り絞った。

「皆、剣を下ろしてください！　彼らはまだ何もしていません。わたくしと話をしていたまで！　罪状もわからずに命を奪うようなことは許されません‼」

驚いたのは騎兵たちばかりではない。荒くれ男たちが、ぎょっとしてエレインに注目する。

「おい、何を……」

「黙りなさい！　これが双方ともに暴力で解決しようとした末路です。誰も幸せになどなれません。話し合えばわかりあえるかもしれないことを、斬りつけることで傷を広げるなど、知性のある人間のすることではありません！」

自分の言っていることが、理想論でしかないことをエレインは知っていた。

少なくとも、シスは両親を逆賊に殺されている。もしこの男たちが前皇帝夫妻を殺した一味なのだとすれば、シスは彼らに復讐するだけの理由があるのだ。

――……それでも、民の声を聞いて。

エレインは、騎兵の向かってくる前に立つと、両手を左右に大きく広げた。

「シス、聞いて。あなたはわたしとの結婚のために、どれほど冷酷な皇帝と言われても、目的を達成しようと尽力してきた。けれど、ほんとうのあなたは誰かの痛みを分かち合えるひとでしょう？　わたしに優しくしてくれたのと同じく、あなたの国の民を守ることができるひとでしょう？」

馬が、次第に速度を落とす。

そして、シスが馬上から下りてエレインをじっと見つめた。

「おい、アレク」

トバイアスの声に、彼は右手で制止する。

「エレイン、その続きは？」

「……彼らには、理由がある。もちろんその理由が正当かどうか、わたしにはわからないわ。だけど、今聞いただけでも彼らは虐げられてきた側に思える点がある。話を聞いて、調査をして、それからどうすべきか考えてほしいの！」

甘いと言われれば、返す言葉もない。

自分には、なんの被害もなかった。いつだって安全なところにいて、エレインは誰かを踏みつけて生きていたのかもしれない。

だが。

だからこそ、このままではいけないと思った。

「エレイン、あなたは——」

シスが何かを言いかけたときだった。

「何を言うか！　ヘリウォードごときの王女が、身の程を知れ‼」

一騎が、群を抜けて飛び出してくる。

「ガルダ⁉　貴殿は何を……」

それを見て、トバイアスが目を吊り上げた。

「本来ならば、おまえなど生きているはずもなかったというのに！　陛下の温情がなければ、とうに命も尽きていただろう立場で、偉そうな口を叩くでない！」

エレインのうしろで、男たちが「おい、あいつ」「デルフォイ公爵家の次男だ」と話すのが聞こえる。

貴族が、民を傷つけた。

そして今、その貴族側の人間がエレインを非難している。

――やはり、シスの知らない闇がこの国にはあるのだわ。

「陛下は、もっと美しい妃を娶ることもできた。こんな下々の者の声を拾えだなどと、皇帝陛下に意見するような女が妃だなど、笑止千万！」

ガルダと呼ばれた騎兵は、その腰から剣を抜く。自分は、彼にとって何か都合の悪いことを言ったのかもしれない。

けれど、それならそれで、シスが真実を知る機会になる。

――たとえ、わたしの身に何があろうとも……

ほんとうの命を与え、広い世界を教え、愛のすべてを捧げてくれた彼の生きる国の礎《いしずえ》になれるのならば、ここで朽ちてもかまわない。エレインを失えば、シスは事情を調べずに処刑して解決するような真似もすまい。

覚悟を決めて、エレインが目を閉じる。

刹那——

ガッ、と金属同士がぶつかる鈍い音がした。それに続いて、何か重いものが地面に落ちる音。

「へ、陛下……!?」

急に手綱を締められた馬が、高い声で鳴く。

「く……っ……」

エレインのすぐそばから、シスの呻き声が聞こえてきた。

「……シス……？」

目を開ければ、そこには剣を手にしたシスがゆらりと地面に膝をつくところだった。

その背に、赤い線が入っている。

「シス、どうして……？」

破れたドレスのまま、エレインは彼に抱きついた。その体を支え、膝のうえに頭を乗せる。

「しくじった……。あなたをかっこよく守るはずが、ガルダめ、剣と剣が当たった直後に手を離したのか。肩に……傷を負ったようだね……」

冷静な分析と、苦しげな呼吸。

エレインは破れたドレスをさらに引き裂き、シスの傷からあふれる血を必死で押さえる。

「アレク‼」

トバイアスが馬から下りて駆けてきた。

「ああ、エレイン……。あなたは、僕が思っている以上にとても強い。そして、優しいひとだ。けれど、どうか無茶をしないでおくれ……。僕が守るから、世界中のすべてから、あなたを守――……」

「シス？　シス、いや、シス、目を開けて、いやあああっ……」

たとえ世界を敵に回しても、彼さえいてくれれば構わない。

そう言い切ることは簡単だ。恋は盲目と言うとおりに、愛するひと以外から目をそらしていればいい。

だが、エレインの愛した男はこの国の皇帝だった。彼の生きる道は、目を凝らして耳を澄まして、異なる意見の人間と対話することが求められる。

――勝手に、そう思っていた。だから、少しでもあなたのために、役に立つ妻になりたいだなんて、おこがましいことを思ってしまった……！

自分のせいで、シスが怪我を負ったのだ。

トバイアスに引き剥がされるまで、エレインは悲鳴のような泣き声をあげて、シスの体を抱きしめていた。

◆　◆　◆

遠くで鐘が鳴っている。

平和な南の海辺には似つかわしくない、大規模な争いが起こったその日の夜。

エレインは、シスの眠る寝台のわきに椅子を起き、ずっと彼の看病をしていた。

日が落ちる前に、医者は町へ帰っていった。シスの傷はそれほど深くなく、目が覚めないのは睡眠不足なのではないかと、彼は言った。

「新婚なのじゃから仕方あるまいて。皇帝陛下に、おいたはほどほどにするよう言っておやり、皇妃さま」

ふぉっふぉっと笑った医者の背を見つめて、エレインが頬を真っ赤にしたのは言うまでもない。

左肩に傷を受けたシスは、上半身に包帯を巻いて眠っている。

つい先ほどまで、事態を収拾したトバイアスが疲れた顔で説明にやってきていた。

「ガルダは、捕らえて縄をかけてあります。陛下に刃を向けたからには、お咎めなしというわけにはいかんのですが――」

彼の語ることによれば、逆賊の男たちは皇帝夫妻殺害事件とは別口の集団だったという。

彼らの村は貧しく、領主であるデルフォイ公爵は、すでに国内でも廃れた初夜権を主張し、村の若い娘たちが結婚する前にひどいことを義務付けてきたのだそうだ。

それればかりか、娘を守ろうとした母親を斬りつけ、かたきを討とうとした父親を嬲ることも当然のように行われていたという。

「領民をそこまで虐げるとは、見逃すわけにはいきません。すべてはアレクが目を覚ましてからということになりますが、彼らの罪はそれほど重くならないよう配慮します」

以前に話したときよりも、トバイアスは言葉を選んでいるように感じた。それどころか、エレイン相手に敬意を払ってくれているように思う。

「あの、トバイアス殿下。このたびは、わたくしがでしゃばったせいで、いろいろとご迷惑をおかけしてしまい――」

「皇妃どの、それは違う。貴殿のおかげで、我々は目が覚めたのです」

反逆者たちには、それなりの理由がある。

解決せずに処刑していては、国が立ち行かなくなるのだと、トバイアスはわかってくれた。

「賢明なアレクならば、もっと早くに気づいていてもおかしくなかったのですが、ああ見えてもまだ十八歳。彼にすべてを背負わせた、我々の責任もあります」

これからどうなるのかはわからないが、トバイアスの言葉にエレインは安堵していた。

国は、為政者のみで成り立つにあらず。

自分ごときが口を挟むのはよくないと思う気持ちもあるのだが、今後はおとなしくしていよう。今回だけは、シスが大目に見てくれることを期待して。

「それよりも、皇妃どのはか弱く見えていざというときの肝が据わった様子に、たいそう感服いたしました。ヘリウォード王国にて初めてお会いしたときも感じましたが、貴殿こそ我が国の皇妃に相応しい女性です」

「な、何をおっしゃるんです。わたくしなど、ただの出来の悪い王女で……」

「どうぞ、これからも我らが皇帝を──私の大事な従弟をよろしくお願いいたします。しっかりと手綱を握ってやってください。その男の手綱を握れる女性など、ほかにいはしませんから」

エレインの世界が、ゆっくりと広がっていく。

かつては小さな庭程度だった視界が、シスといることで四方八方へ目を向けられるようになった。最初は単色だった陰影が、今では色とりどりの光にきらめいている。

愛するひとと見つめる世界は、これほどまでに美しい。ひとの心は複雑で、善悪の別をつけることは難しいけれど、それでも誰もが未来を夢見て生きているのだ。

「……わたしが、世界を憎まずにいられるのはきっとあなたがいてくれるおかげよ、シス」

絶望すら知らなかった王女は、無知ゆえに自身の不幸から目をそらしていることに気づかなかっただけ。

現実を見れば、孤独は重くのしかかる。

その重荷を、彼は共に背負おうとしてくれた。それればかりか、エレインの手を引き、明るい世界へ連れ出してくれた。

「あなたを愛してから、わたしには幸せなことばかりなの。だからお願い、目を開けて。今夜こそ、あなたを好きだと伝えるつもりでいたのよ」

上掛けのうえに置かれた彼の手を、両手でそっと包み込む。

「ねえ、シス……」

「――今のは、僕の聞き間違いではないんだね？」

「ええ、もちろんよ。あなたがいなければ――……えっ⁉」

眠っているとばかり思っていたのだが、どういうことだろう。

シスは目を開けて、きらきらと輝くような笑顔をこちらに向けている。

「シ、シス？　どこから起きて………」

「『あなたを愛してから、わたしには幸せなことばかりなの』かな。最初に聞こえてきたのは」

――じゃあ、もうわたしは告白し終えたことになるのではないかしら⁉

あまりに唐突で、なんの覚悟もできぬうちに、愛を告げてしまった。エレインは、思わず上掛けに突っ伏した。

「エレイン、どうしたの。ねえ、続きを聞かせてほしいな。あなたが僕をどう思っているのか、きちんと目を見て言ってくれないかい?」

「……シスの…………」

「うん?」

「シスのばかっ!」

顔を上げた花嫁は、涙でぐしょぐしょの瞳を愛しい夫に向ける。

「エレイン……?」

「あなたは、自分が皇帝だということを自覚しているの? なぜ、あんな危険な局面に飛び込んできたりするのよ。わたしなんかを助けても、誰も得しないわ。それよりも、もっと自分を大事に――……」

「それは受け入れられない。というか、あなたこそあんな奴らにドレスを破られたりして、僕の兵たちが皆、その白い太腿に釘付けになっていたのはわかっているのかい⁉」

お互いに、言いたいことを言い合って。

ぜえぜえと肩で息をしながら、エレインは両腕を伸ばした。

「……これからは、もっと自分を大切にします。あなたのそばにいるために、勉強もします。国のことを学びます。だから、どうか――……」

愛してください。

そう言って、エレインがシスの傷をよけながら彼に抱きついた。

「もちろん、永遠に愛しているよ。今日も明日もあさっても、一年後も十年後もあなただけを愛している。僕のかわいいエレイン」

くちづけは甘く、心を震わせる。

新婚のふたりは、体を寄せ合い、心を重ねる。

――……え、シス、まさか……？

だが、エレインとしては怪我をした彼に、この先の行為を続けてもらいたくはなかった。

「だ、駄目！　今夜はしないわ」

「なぜ？」

拒んだエレインを、シスが無垢な瞳で見つめてくる。

「だって、怪我をしているのよ。体を休めなければ……」

けれど、その程度の言葉に頷く彼ではない。

「僕を心配してくれるんだね。それもこれも、あなたが僕を愛してくれているからだと思うと、興奮して収まりがつかないよ」

　細い手首を引き寄せて、シスがエレインを寝台に誘い込む。

「や、駄目、駄目だってば……」

「ああ、拒まれるといっそうあなたがほしくなるだなんて言ったら、エレインは僕を嫌いになるのかな。だけど、あなたの愛が薄れる日が来たら、また愛してもらえるように努力する。今夜は、あなたを堪能させておくれ」

　皇帝陛下には、誰も逆らえない。

　特に愛され花嫁は、シスに逆らう術を持たなかった。


　最初はただ、痛みに支配されるばかりだった行為のはずが、気づけばエレインの体はすっかりシスに慣らされている。

「あぁ……、シス、シス……」

　愛の言葉を口にしたことで、体の悦びもいっそう深まった。そう思うのは気のせいだろうか。

「エレイン、今日のあなたはいつにもまして美しいね。それに、僕を受け入れて嬉しそうに内部がきゅうっと締めつけてくる……」

　寝台にうつ伏せたエレインを組み敷いて、シスが強く腰を打ち付ける。しなやかな両腕が、逃がさないとばかりにエレインを強く抱いていた。

「気持ちいいの、とてもよくて、おかしくなってしまいそう……！」

悲鳴にも似た歓喜の声に、シスが腕の力を強める。

「そんなかわいらしいことを言って。僕を喜ばせて、早く果てさせようという策略かい？」

「違う、違うわ。だってこのまま、ずっとあなたに抱かれていたいんですもの」

「ああ！　これだから我慢できなくなるんだ。あなたはどうしてそんなに僕を煽るのかな」

うっとりとした口調で、美しい皇帝が花嫁を賞賛する。その間も、彼は腰の動きを緩めることはない。それどころか、いっそう激しくなる動きに、エレインは甲高い声を漏らす。

「ゃ……、あっ、駄目、そんなにしないで……」

「なぜ？　感じてくれているのでしょう？　だったら、もっともっとよくなって。そして、もっと僕を愛してほしいんだよ」

ぬちゅぬちゅと、ふたりのつながる部分から淫らな音が聞こえてくる。

彼の楔はいつにもまして昂ぶっていた。太い幹は脈が浮き、切っ先は凶暴なまでに張り詰めている。その張り出した傘の部分でエレインの隘路を抉るものだから、腰の揺れるのを止められない。

「だ、駄目……、もうイッちゃう……！」

泣き声まじりに懇願すれば、彼は焦らすように動きを緩めた。

「駄目なんだね？　じゃあ、愛する奥さまのお願いを聞いてあげなくては」

――嘘、どうして？

いつもなら、エレインが懇願するほどにシスは激しく果てへと追い立ててくる。

「おや、どうしたんだい？　物足りない顔をしているね？」

「だ、だって……」

「僕は、あなたより年下で人生経験も少ない弟のような存在だから、きちんと教えてもらわないとわからないかもしれないよね。エレインが駄目だというのならこれ以上はしないし、やめてというのなら今を最後にあなたに触れない。けれど――あなたが僕を愛してくれているのなら、どうか言ってほしいんだ」

大きな手が、エレインの体をうしろから優しく撫でた。その指腹に触れられるだけで、彼を受け入れる狭隘な部分がきゅうとせつなく疼く。

「な、何を……？」

「僕を愛しているから、僕の子を孕ませてほしい、と。あなたの言葉で聞きたいな」

――そんな恥ずかしいことを、普通の夫婦は口に出して言うものなの？

エレインは、何も言えずに首を横に振った。

「ああ、いやなんだね。では、ここでやめてしまおうか。僕はあなたを抱きたくて抱きたくて仕方がないけれど、エレインがそれほど僕をいやがっているのなら仕方がない……」

「や、やめてはいやっ……」

ずるりと抜き取られそうになった楔を、エレインの濡襞が懸命に押しとどめようとした。

「だったら、言っておくれ。愛しい花嫁、あなたは僕にどうしてほしいんだい……？」

枕にしがみつき、エレインはわなわなと唇を震わせる。

「……シスを愛しているから、あなたをもっと感じたい。あなたの子を……わ、わたしだけに孕ませて、愛を注いで、わたしのすべてをあなただけのものだと確認させて……！」

ずんっ、と最奥まで彼が突き上げた。

「ひぅっ……！」

「よく言えました。さすがはエレインだね。僕がほしいものは、いつだってあなたがすべて与えてくれるんだよ」

ほかの誰にも、こんな愛情を望むことはできない。あなただけが、僕の愛するひと——

シスは、そう言って先ほどよりも激しく腰を打ちつける。不規則な動きが、エレインの官能を狂うほどに刺激していた。

「あっ、あ、あ、駄目……っ……」

「いいよ、エレインの駄目は、もっと感じさせてという意味だと、ほんとうは知っているんだ。だから――もっともっと感じて、おかしくなってごらん」

　耳殻に軽く歯を立てて、シスが腰だけを揺さぶる。すると、引き絞られた蜜口がひどく収斂し、エレインは一度目の果てに追いやられてしまった。

「……ぁ、あ……シス、シス……」

「まだだよ。僕はまだ放っていない。エレイン、今夜は何度抱いてもきっと足りなくなる。だから先に謝っておく。あなたを愛しすぎたせいで、僕の精力は無尽蔵だ。覚悟して、すべて受け止めてね」

「え……？」

「休憩にはまだ早い。ほら、あなたの奥に注ぐからね。僕の子を孕んで、永遠に僕の隣にいておくれ、愛しいひと」

　どれほど愛しても、愛情は尽きることがない。

　その夜、エレインは宣言どおり一晩中、シスに抱かれていた。

　初めての夜でもあるまいに、朝起きたあとも自分ひとりで立てなくなるほど、愛されすぎてしまった。

　そこで、美しき若き皇帝が笑顔を見せる。

「冷血の皇帝はもうおしまいにするよ。これからは、情熱と情慾の皇帝なんてどうだろう。いっそ、早々に退位してあなたとふたりで隠居生活というのも悪くないね。そうしたら、誰に邪魔されることもなく昼でも夜でも、エレインを堪能することができる」

花嫁が賛成したかといえば、無論答えは、

「そ、そんなことさせないわ。シスには、これから皇帝としてがんばってもらわなければいけませんからね！」

ニライヤド帝国の未来は明るい。

それはきっと、皇帝夫妻の幸福な未来と同じように——

あとがき

こんにちは、麻生ミカリです。蜜猫文庫では、三冊目のご挨拶になります。

この度は『若き皇帝は虜の新妻を溺愛する』を手にとっていただき、ありがとうございます。

蜜猫文庫さんでは、年下ヒーローは珍しいとのことです。機会さえあれば年下男子を書きたい、と常日頃から思っているわけですが、こうして書かせていただけたことに今はただ感謝で胸がいっぱいです……！

懐の深い編集部、ならびに竹書房さまに心からお礼申しあげます。


さて、年下男子というのはほんとうに愛でるべきものでありまして、それが成長によって愛でる→愛でられるへと変化していく年上女子との関係性に多大なる萌えを感じるわけですよ！

本作では、特に序盤のシスがエレインより背が低いという設定にこだわって書きました。彼ははっきりと口に出しはしないものの、好きな女の子より背が低い自分というものに悔しさを感じているわけです。手を出しかけては引っ込める、あの一連の流れはシスのなかに「いつかあなたより背が高くなってから……」という気持ちがあったらいいなと！　とはいえ、大人に

なってからもシスさんはわりと奥手ですね（笑）
一年ぶりに再会したとき、エレインはシスを見て彼の成長に驚くわけです。これもまた、年下男子の魅力全開でして！
あんなにかわいかった少年の彼が、いつの間にか大人の男になっている、という設定にこれでもかというほど弱いです。こういうお約束展開が大好物です。
でも、もし――

「エレイン、やっと会え――……え、エレイン⁉」

そこには、シスより頭ひとつも長身に育ったエレインが驚き顔でこちらを見つめていた。

――なぜ、僕よりも育っているんだ⁉

「……シ、シス⁉」

「えっと、いや、なんか久しぶり……。エレイン、ずいぶんとまた背が伸びたんだね、あはは……」

みたいな展開にならなくて、よかったね、シス！

まあ、エレイン大好き執着男子のシスさんですから、おそらくはエレインのドレスのサイズ